레디메이드 인생

북도드리 문학선 ③
레디메이드 인생

찍은날 ┃ 2014년 12월 10일
펴낸날 ┃ 2014년 12월 17일

지은이 ┃ 채 만 식
펴낸이 ┃ 조 명 숙
펴낸곳 ┃ 도서출판 북도드리
등록번호 ┃ 제16-2083호
등록일자 ┃ 2000년 1월 17일

주소 ┃ 서울·금천구 가산디지털1로 205, 705
　　　　(가산동, 케이씨씨웰츠밸리)
전화 ┃ (02) 851-9511
팩스 ┃ (02) 852-9511
전자우편 ┃ appbook21@naver.com

ISBN 978-89-86607-97-0 03810

값 7,000원

레디메이드 인생

채만식 지음

북도드리
도서출판

차 례

레디메이드 인생

01

P는 광화문 네거리의 기념비각 옆에서 발길을 멈추고 망설였다. 어디로 갈까 하는 것이다. 봄 하늘이 맑게 개었다. 햇볕이 살이 올라 포근히 온몸을 싸고돈다. 덕석 같은 겨울 외투를 벗어 버리고 말쑥말쑥하게 새로 지은 경쾌한 춘추복의 젊은이들이 봄볕처럼 명랑하게 오고가고 한다.

레디메이드 인생

1.

"머 어데 빈자리가 있어야지."

K사장은 안락의자에 푹신 파묻힌 몸을 뒤로 벌떡 젖히며 하품을 하듯이 시원찮게 대답을 한다. 미상불[1] 그는 두 팔을 쭉- 내뻗고 기지개라도 한 번 쓰고 싶은 것을 겨우 참는 눈치다.

이 K사장과 둥근 탁자를 사이에 두고 공손히 마주 앉아 얼굴에는 '나는 선배인 선생님을 극히 존경하고 앙모합니다[2]' 하는 비굴한 미소를 띠고 있는 구변[3] 없는 구변을 다하여 직업 동냥의 구걸(口乞) 문구를 기다랗게 늘어놓던 P……. P는 그러나 취직운동에 백전백패(百戰百敗)⁴⁾의 노졸(老卒)인지라 K씨의 힘 아니 드는 한마디의 거절에도 새삼스럽게 실망도 아니한다. 대답이 그렇게 나왔으니 이제 더 졸라도 별수가 없는 것이지만 허실⁵⁾ 삼아 한마디 더 해보는 것이다.

"글쎄올시다, 그러시다면 지금 당장 어떻게 해주십사고 무리하게 조를 수야 있겠습니까마는…… 그러면 이 담에 결원⁶⁾이 있다든지 하면 그때는 꼭……."

이렇게 말하고 P는 지금까지 외면하였던 얼굴을 돌리어 K사장을 조심성 있게 바라보았다. 그러나 K사장은 우선 고개를 좌우로 두어 번 흔들고는 여전히 하품 섞인 대답을 한다.

"결원이 그렇게 나나 어데…… 그리고 간혹가다가 결원이 난다더래도 유력한 후보자가 몇십 명씩 밀려 있어서……."

P는 아무 말도 아니하고 고개를 숙였다. 이제는 영영 틀어진 것이다. 안녕히 계십시오, 하고 일어서는 것밖에는 별수가 없다.

별수가 없이 되었으니 '네 그렇습니까' 하고 선선히 일어서야할 것이지만 지금까지 은근히 모시고 있던 태도에 비하여 그것이 너무 낯이 간지러운 표변⁷⁾임을 알기 때문에 실망이나 하는 체하고 잠시 더 앉아 있는 것이다.

"거 참 큰일들 났어."

K사장은 P가 낙심해하는 것을 보고 별로 밑천이 들지 아니하는 일이라서 알뜰히 걱정을 나누어 준다.

"저렇게 좋은 청년들이 일거리가 없어서 저렇게들 애를 쓰니."

P는 속으로 코똥을 '흥' 하고 뀌었으나 아무 대답도 아니하였다. K사장은 P가 이미 더 조르지 아니하리라고 안심한지라 먼저 하품 섞어 '빈자리가 있어야지' 하던 시원찮은 태도는 버리고 그가 늘 흉중에 묻어 두었다가 청년들에게 한바탕씩 해 들려주는 훈화를 꺼낸다.

"그렇지만 내가 늘 말하는 것인데…… 저렇게 취직만 하려고 애를 쓸 게 아니야. 도회지에서 월급생활을 하려고 할 것만이 아니라 농촌으로 돌아가서……."

"농촌으로 돌아가서 무얼 합니까?"

K는 말중동[8]을 갈라 불쑥 반문하였다. 그는 기왕 취직운동은 글러진 것이니 속 시원하게 시비라도 해보고 싶은 것이다.

"허! 저게 다 모르는 소리야…… 조선은 농업국이요, 농민이 전 인구의 팔 할이나 되니까 조선 문제는 즉 농촌 문제라고 볼 수가 있는데, 아 지금 농촌에서 할 일이 오죽이나 많다구?"

"저는 그 말씀 잘 못 알어듣겠는데요. 저희 같은 사람이 농촌에 가서 할 일이 있을 것 같잖습니다."

"그럴 리가 있나! 가령 응…… 저……."

K사장은 응…… 저…… 하고 더듬으면서 끝내 대답을 하지 못한다. 그것은 무리가 아니다.

그가 구직하러 오는 지식 청년들에게 농촌으로 돌아가 농촌사업을 하라는 것과 (다음에 또 꺼내는 일거리를 만들라는 것은) 결코 현실에서 출발한 이론적 근거가 있는 것이 아니었다. 그저 지식 계급의 구직꾼이 넘치는 것을 보고 막연히 '농촌으로 돌아가라' '일을 만들어라' 고 해왔을 따름이다. 따라서 거기에 대한 구체적 플랜이 있는 것도 아니었던 것이다. 한편으로는 한 행셋거리로, 또 한편으로는 구직꾼 격퇴의 수단으로 자룡이 헌 창 쓰듯9) 썼을 뿐이지.

그리하여 그동안까지는 대개는 그 막연한 설교를 들은 성 만성하고 물러가는 것이 그들의 행투였었는데 오늘 이 P에게만은 그렇지가 아니하여 불가불 구체적 설명을 해주어야 하게 말머리가 돌아선 것이다. 그래서 그는 떠듬떠듬 생각해 가면서 생각나는 대로 주워섬기는 것이다.

"가령 응…… 저…… 문맹 퇴치 운동도 있지. 농민의 구 할은 언문도 모른단 말이야! 그리고 생활 개선 운동도 좋고…… 헌신적으로."

"헌신적으로요?"

"그렇지…… 할 테면 헌신적으로 해야지."

"무얼 먹고 헌신적으로 그런 사업을 합니까……? 먹을 것이 있어서 그런 농촌사업이라도 할 신세라면 이렇게 취직을 못해서 애를 쓰겠습니까?"

"허! 그게 안 된 생각이야…… 자기가 먹고 살 재산이 있으면서 사회를 위해서 일도 아니하고 번들번들 논다는 것은 그것은 타락된 생각이야."

P는 K사장이 억단10)을 내세우는 것을 보고 속으로 싱그레 웃었다.

"그렇지만 지금 조선 농촌에서는 문맹 퇴치니 생활 개선이니

합네 하고 손끝이 하-얀 대학이나 전문학교 졸업생들이 몰켜오는 것을 그다지 반겨하기는커녕 머릿살을 앓을 것입니다…… 농민이 우매하다든지 문화가 뒤떨어졌다든지 또 생활이 비참한 것의 근본 원인이 기역 니은을 모른다든가 생활 개선을 할 줄 몰라서 그런 것이 아니니까요. 그리고 조선의 지식 청년들이 모두 그런 인도주의자가 되어집니까?"

"되면 되지 안 될 건 무어야?"

"그건 인도주의란 그것이 한 개 공상이니까 그렇겠지요."

"허허…… 그러면 P군은 ××주의잔가?"

"되다가 찌부러진 찌스러깁니다. 철저한 ××주의자라면 이렇게 선생님한테 와서 취직운동도 아니합니다."

"못써! 그렇게 과격한 사상으로 기울어서야 쓰나…… 정 농촌으로 돌아가기가 싫거든 서울서라도 몇 사람 맘 맞는 사람이 모여서 무슨 일을- 조선에 신문이 모자라니 신문을 하나 경영하든지 또 조그맣게 하자면 잡지 같은 것도 좋고 또 영리사업도 좋고…… 그러면 취직 운동하는 것보담 훨씬 낫잖은가?"

"졸 줄이야 압니다만 누가 돈을 내놉니까?"

"그거야 성의 있게 하면 자연 돈도 생기는 거지."

P는 엉터리없는 수작을 더 하기가 싫어 웬만큼 말을 끊고 일어섰다.

속에 있는 말을 어느 정도까지 활활 해준 것이 시원은 하나 또 취직이 글렀구나 생각하니 입안에서 쓴 침이 고여 나온다.

복도에서 편집국장 C를 만났다. P는 C와 자별히[11] 사이가 가까운 터였었다.

"사장 만나러 왔소?"

C가 묻는 것이다.

"아니."

P는 거짓말을 하였다. 그는 지금 K사장을 만나 거절당한 이야기를 하기가 어쩐지 창피하기도 할 뿐 아니라 또 전부터 C더러 K사장에게 자기의 취직 운동을 부탁해 왔던 터인데 직접 이렇게 찾아와서 만났다고 하기가 혐의쩍기도[12] 하여 시치미를 뚝 뗀 것이다.

"아주 단념하오."

C는 자기에게 부탁한 취직 운동을 단념하란 말이다. 그러면 벌써 C가 K사장에게 이야기를 하였고 그 결과 일이 틀어진 것을 P는 모르고 와서 헛노릇을 한바탕 한 것이다. P는 먼저 C를 만나 보지 아니하고 K사장을 만난 것을 후회하였다. C는 잠깐 멈췄던 말을 계속한다.

"어제 아침에 사장더러 P군의 사정이 퍽 난처하니 어떻게 생각해 봐 주면 좋겠다고 여러 말을 했다가 코 떼었소. 신문사가 구제 기관이 아닌데 남의 사정 난처한 것을 어떻게 하라느냐고 그럽디다…… 하기야 그게 옳은 말이지만."

신문사가 구제 기관이 아니라고 한다는 그 말이 P의 머리에는 침 끝으로 찌르는 것같이 정신이 들게 울리었다.

"흥! 망할 자식들!"

P는 혼잣말로 이렇게 두덜거리며 C와 작별도 아니하고 밖으로 나와 버렸다.

2.

P는 광화문 네거리의 기념비각(紀念碑閣) 옆에서 발길을 멈추고 망설였다. 어디로 갈까 하는 것이다.

봄 하늘이 맑게 개었다. 햇볕이 살이 올라 포근히 온몸을 싸고 돈다. 덕석[13] 같은 겨울 외투를 벗어 버리고 말쑥말쑥하게 새로 지은 경쾌한 춘추복의 젊은이들이 봄볕처럼 명랑하게 오고가고 한다.

멋쟁이로 차린 여자들의 목도리가 나비같이 보드랍게 나부낀다. 그 오동보동한 비단 다리를 바라다보노라니 P는 전에 먹던 치킨까스가 생각이 났다.

창을 활활 열어젖힌 전차 속의 봄 사람들을 보니 P도 전차를 잡아타고 교외나 나가고 싶었다. 그러나 크림 맛을 못 본 지 몇 달이 된 낡은 구두, 고기작거린 동복 바지, 양편 포켓이 오뉴월 쇠불알같이 축 처진 양복저고리, 땟국 묻은 와이셔츠와 배배 꼬인 넥타이, 엿장수가 2전어치 주마던 낡은 모자, 이렇게 아래로부터 훑어 올려보며 생각하니 교외의 산보는커녕 얼른 돌아가서 차라리 이불을 뒤쓰고 드러눕고만 싶었다.

마침 기념비각 앞에 자동차 하나가 머물더니 서양사람 내외가 내린다. 그들은 사내가 설명을 하고 여자가 듣고 하면서 기념비각을 앞뒤로 구경한다. 여자는 사진까지 찍는다.

대원군이 만일 이 꼴을 본다면…… 이렇게 생각하매 P는 저절로 미소가 입가에 떠올랐다.

3.

　대원군은 한말(韓末)의 '돈키호테'였었다. 그는 바가지를 쓰고 벼락을 막으려 하였다. 바가지는 여지없이 부스러졌다. 역사는 조선이라는 조그마한 땅덩이나마 너무 오래 뒤떨어뜨려 놓지 아니하였다.

　갑신정변(甲申政變)에 싹이 트기 시작하여 가지고 일한합방의 급격한 역사적 변천을 거치어 자유주의의 사조는 기미년에 비로소 확실한 걸음을 내디디었다.

　자유주의의 새로운 깃발을 내어 걸은 '시민(市民)'의 기세는 등등하였다.

　"양반? 흥! 누구는 발이 하나길래 너희만 양발(반)이라느냐?"

　"법률의 앞에서는 만인이 평등이다."

　"돈…… 돈이 있으면 무어든지 할 수 있다."

　신흥 부르주아지는 민주주의의 간판을 이용하여 노동자 농민의 등을 어루만지고 경제적으로 유력한 봉건 귀족과 악수를 하는 동시에 지식 계급을 대량으로 주문하였다.

　유자천금이 불여교자 일권서[14]라는 봉건 시대의 진리가 자유주의의 세례를 받아 일단의 더 발전된 얼굴로 민중을 열광시켰다.

　"배워라. 글을 배워라…… 지식만 있으면 누구나 양반이 되고 잘살 수가 있다."

　이러한 정열의 외침이 방방곡곡에서 소스라쳐 일어났다.

　신문과 잡지가 붓이 닳도록 향학열을 고취하고 피가 끓는 지사(志士)들이 향촌으로 돌아다니며 삼촌[15]의 혀를 놀려 권학(勸

學)[16]을 부르짖었다.

"배워라. 배워야 한다. 상놈도 배우면 양반이 된다."

"가르쳐라. 논밭을 팔고 집을 팔아서라도 가르쳐라. 그나마도 못하면 고학이라도 해야 한다."

"공자왈 맹자왈은 이미 시대가 늦었다. 상투를 깎고 신학문을 배워라."

"야학을 실시하여라."

재등(齋藤) 총독이 문화 정치의 간판을 내걸고 골골이 학교를 증설하였다. 보통학교의 교장이 감발[17]을 하고 촌으로 돌아다니며 입학을 권유하였다. 생도에게는 월사금을 받기는커녕 교과서와 학용품을 대어주었다.

민간의 유지는 돈을 걷어 학교를 세웠다. 민립대학도 생기려다가 말았다. 청년회에서 야학을 설시(設施)하였다. 갈돕회가 생겨 갈돕만주 외우는 소리가 서울의 신풍경을 이루었고 일반은 고학생을 존경하였다.

여학생이라는 새 숙어가 생기고 신여성이라는 새 여인이 생겨났다.

이와 같이 조선의 관민이 일치되어 민중의 지식 정도를 높이는 데 진력을 하였다. 즉 그들 관민이 일치하여 계획한 조선의 문화 정도는 급속도로 높아 갔다.

그리하여 민중의 지식 보급에 애쓴 보람은 나타났다.

면서기를 공급하고 순사를 공급하고 군청 고원을 공급하고 간이농업학교 출신의 농사 개량 기수를 공급하였다.

은행원이 생기고 회사 사원이 생겼다. 학교 교원이 생기고 교회의 목사가 생겼다.

신문 기자가 생기고 잡지 기자가 생겼다. 민중의 지식 정도가 높았으니 신문 잡지 독자가 부쩍 늘고 의사와 변호사의 벌이가 윤택하여졌다.

소설가가 원고료를 얻어먹고 미술가가 그림을 팔아먹고 음악가가 광대의 천호[18]에서 벗어났다.

인쇄소와 책장사가 세월을 만나고 양복점 구둣방이 늘비하여졌다.

연애결혼에 목사님의 부수입이 생기고 문화주택을 짓느라고 청부업자가 부자가 되었다. 그리하여 부르주아지는 '가보[19]'를 잡고, 공부한 일부의 지식꾼은 진주(다섯 끗)를 잡았다.

그러나 노동자와 농민은 무대[20]를 잡았다. 그들에게는 조선의 문화의 향상이나 민족적 발전이나가 도리어 무거운 짐을 지어주었을지언정 덜어주지는 아니하였다. 그들은 배[梨] 주고 속 얻어먹은 셈이다.

……(원문 20여 자 탈락)……

인텔리…… 인텔리 중에도 아무런 손끝의 기술이 없이 대학이나 전문학교의 졸업증서 한 장을, 또는 그 조그마한 보통 상식을 가진 직업 없는 인텔리…… 해마다 천여 명씩 늘어가는 인텔리…… 뱀을 본 것은 이들 인텔리다.

부르주아지의 모든 기관이 포화상태가 되어 더 수요가 아니 되니 그들은 결국 꾐을 받아 나무에 올라갔다가 흔들리는 셈이다. 개밥의 도토리다.

인텔리가 아니 되었으면 차라리 ……(원문 7~8자 탈락)……

노동자가 되었을 것인데 인텔리인지라 그 속에는 들어갔다가도 도로 달아나오는 것이 99퍼센트다. 그 나머지는 모두 어깨가 축 처진 무직 인텔리요, 무기력한 문화 예비군 속에서 푸른 한숨만 쉬는 초상집의 주인 없는 개들이다. 레디메이드 인생이다.

4.

"제-길!"

P는 혼자 두덜거리며 지금까지 섰던 기념비각 옆을 떠났다.

……(원문 80여 자 탈락)……

P는 자기 자신이고 세상의 모든 일이고 모두 짜증이 나고 원수스러웠다.

광화문 큰 거리를 총독부 쪽으로 어실어실 걸어가노라니 그의 그림자가 짤막하게 앞에 누워 간다. P는 그 자기의 그림자를 콱 밟고 싶었다. 그러나 발을 내디디면 그림자도 그만큼 앞으로 더 나가곤 한다. 이 그림자와 자기 자신에서, 그리고 그림자를 밟으려는 자기 자신과 앞으로 달아나는 그림자에서 P는 자기의 이중 인격의 모순상(相)을 발견하였다.

동십자각 옆에까지 온 P는 그 건너편 담배 가게 앞으로 갔다.

"담배 한 갑 주시오."

하고 돈을 꺼내려니까 담배 가게 주인이,

"네, 마콥니까?"

묻는다.

P는 담배 가게 주인을 한번 거들떠보고 다시 자기의 행색을

내려 훑어보다가 심술이 버쩍 났다. 그래서 잔돈으로 꺼내려는 것을 일부러 일 원짜리로 꺼내려는데 담배 가게 주인은 벌써 마코 한 갑 위에다 성냥을 받쳐 내민다.

"해태 주어요."

P는 돈을 들이밀면서 볼먹은 소리를 질렀다. 그러나 담배 가게 주인은 그저 무신경하게 '네?' 하고는 마코[21]를 해태로 바꾸어 주고 85전을 거슬러다 준다.

P는 저편이 무렴[22]해 하지 아니하는 것이 더욱 얄미웠다.

그는 해태 한 개를 꺼내어 붙여 물고 다시 전찻길을 건너 개천가로 해서 올라갔다. 인제는 포켓 속에 남은 것이 꼭 3원하고 동전 몇 푼이다. 엊그제 겨울 외투를 4원에 잡혀서 생긴 것이다.

방세와 전깃불 값이 두 달 치나 밀렸다. 3원은 방세 한 달 치를 주고 1원에서 전등삯 한 달 치를 주고도 싶었으나 그러고 나면 그 나머지로 설렁탕이나 호떡을 사먹어도 하루밖에는 못 지낸다. 그래 그대로 넣어 두고 한 이틀 지내는 동안에 1원이 거진 달아났던 판인데 공연한 객기를 부리느라고 당치도 아니한 해태를 샀기 때문에 이제는 1원 돈은 완전히 달아나고 3원만 남은 것이다.

P는 포켓 속에 손을 넣고 잔돈과 지폐를 섞어 3원 남은 돈을 만지작거렸다. 그러면서 왼편 손으로는 손가락을 꼽아 가며 3원을 곱쟁이 쳐보았다.

6원 12원 24원 48원 96원 192원 8원 모자라는 200원······ 400원 800원 1천 600원 3천 200원 6천 400원 1만 2천 800원. 800원은 떼어 버리고 2만 4천 원 4만 800원 9만 6천 원 19만 2천 원 38만 4천 원 76만 8천 원 153만 6천 원······.

3원을 18번만 곱집으면 150만 원이 된다. 150만 원 그놈이 있으면…… 이렇게 생각하매 어깨가 으쓱해졌다.

3원의 열여덟 곱쟁이가 150만 원이니 퍽 쉬운 일이다…… 그놈만 있으면 100만 원을 들여서 50전짜리 16페이지 신문을 하나 했으면 우선 K사장의 엉엉 우는 꼴을 볼 수가 있을 것이다.

그러나 아쉬운 대로 15만 원만 있어도, 1만 5천 원 아니 1천 500원만 있어도, 아니 150원만 있어도, 15원만 있어도 우선 방세와 전등삯을 주고 한 달은 살아가겠다.

P는 한숨을 내쉬었다. 한 달? 한 달만 살고 나면 그 담은 어떻게 하나……? 그래도 몇백 원은 있어야지, 아니 몇천 원은 아니 몇만 원은…….

P는 늘 하는 버릇으로 이런 터무니없는 공상을 되풀이하였다.

그는 최근 이러한 공상을 하면서부터 취직을 시들하게 여겼다.

취직이 된댔자 사오십 원이나 오륙십 원의 월급이다. 그것을 가지고 빠듯빠듯 살아간들 무슨 아기자기한 재미가 있을 턱도 없는 것이다.

가령 근실히 해서 월괘 저금 같은 것도 하고 집도 장만하고 여편네도 생기고 사장이나 중역들의 눈에 들어 지위도 부장쯤으로는 올라가고, 그리하여 생활의 근거도 안정이 되고 하면 지금 같은 곤란은 당하지 아니하겠지만, 그러나 P에게는 아직도 젊은 때의 야심이 있어 그러한 고식[23]된 안정이나 명색 없는 생활은 도리어 피하고 싶었던 것이다. 좀 더 남의 눈에 띄고 좀 더 재미있고 그리고 자유로운 생활.

물론 그는 지금이라도 누가 한 달에 30원만 줄 테니 와서 일을 해달라면 마치 주린 개가 고기를 보고 덤비듯이 덮어놓고 덤벼들 것이다. 그러나 속으로는 그와 딴판으로 배포를 부리고 있는 것이다.

P가 삼청동으로 올라가느라고 건춘문[24] 앞까지 이르렀을 때 저편에서 말쑥하게 몸치장을 한 여자 하나가 마주 내려왔다.

역시 삼청동 근처에 사는 여자인지 P와는 가끔 마주치는 여자다.

P는 그 여자와 만날 때마다 일부러 눈여겨보지 아니하는 체하면서도 실상은 고비샅샅 관찰을 하였고, 그리고 속으로는 연애라도 좀 했으면 하던 터였다. 무엇보다도 동그스름한 얼굴에 이목구비가 모두 모지지 아니하고 얼굴의 윤곽이 동글듯이 모가 나지 아니한 것, 그래서 맘자리도 그렇게 둥글려니 하는 것이 P의 마음을 끈 것이다.

그 여자는 자주 만나는 이 협수룩한 양복쟁이 - P를 먼빛으로도 알아보았는지 처녀다운 조심스런 몸매로 길을 가로 비껴 가까이 왔다.

P는 고개를 꼿꼿이 쳐들고 앞만 쳐다보면서도 속으로는, '저 여자가 지금 내 옆으로 다가와서 조그만 소리로 정답게 구애(求愛)를 한다면? 사뭇 들이 안긴다면……? 어쩔꼬?'

이런 생각을 하면서 히죽이 웃는데 여자는 벌써 지나쳐버렸다.

'흥! 어쩌긴 무얼 어째?…… 이년아, 일없다는데 왜 이래! 하고 발길로 칵 차 내던지지.'

하고 P는 어깨를 으쓱하였다.

삼청동 꼭대기에 있는 집- 집이 아니라 사글세로 든 행랑방-에 돌아왔다. 객지에 혼자 있으니 웬만하면 하숙에 있을 것이로되 밥값에 밀리고 그것에 졸릴 것이 무서워 P는 방을 얻어 가지고 있던 것이다.

먹는 것이야 수중에 돈이 있는 데에 따라 호떡도 설렁탕도 백화점의 런치도, 그렇잖고 몇 끼씩 굶기도 하여 대중이 없었다.

볕 구경을 잘 못해서 겨울에도 곰팡이가 슬고 이불을 며칠씩 그대로 펴두는 방바닥에서는 먼지가 풀신풀신 올랐다.

하도 어설퍼 앉으려고도 아니하고 방 가운데 우두커니 서서 있노라니까 안방 문 여닫는 소리가 들리며 주인 노파가 나와서 캑 하고 기침을 한다. P는 또 방세 졸릴 일이 아득하였다.

그러나 노파는 방세보다도 우선 편지 한 장을 들이밀어준다. 고향의 형에게서 온 것이다.

편지를 뜯어 읽고 난 P는 말가웃[一斗半]이나 되게 한숨을 푸-내쉬었다. 그러고는 편지를 박박 찢어버렸다.

5.

편지의 요건은 P의 아들에 관한 것이다.

P에게는 연전에 갈린 아내와의 사이에 생긴 창선이라는 아들이 있다. 금년에 아홉 살이다.

아내와 갈릴 때에 저편에서 다만 어린애만이라도 주었으면 그 것을 데리고 길러 가는 재미로 혼자 사는 세상에 낙을 붙이겠다고 사정하였다. 그리고 적어도 중학까지는 마치게 하겠다는 것이었다.

그렇게 했으면 P도 한 짐을 덜었을 것이다. 그러나 그는 듣지 아니하였다.

어릴 적부터 소박데기[25] 어미의 손에서 아비의 원망과 푸념을 들어가면서 자란 자식은 자란 뒤에 그 아비에게 호감을 가지지 못한다. P는 자식을 꼭 찾고 싶은 것은 아나나 아무튼 장성하면 아비라고 찾아올 터인데, 그때에 P는 이미 늙고 자식은 팔팔하게 젊은 놈이 옛날에 제 어미를 소박한 아비라서 아니꼽게 군다면 그것은 차마 못 당할 노릇이다.

이러한 생각으로 P는 창선이를 내주지 아니한 것이다. 그러나 빼앗아 놓고 보니 이제 겨우 너댓 살밖에 아니 먹은 것을 자기 손으로 어찌할 수가 없다. 그리하여 할 수 없이 어렵사리 지내는 그 형에게 맡기어 놓고 다시 서울로 올라온 것이다. 보통학교에 다닐 나이가 되면 서울로 데려오겠다고 해두고.

P의 형은 작년에 조카를 보통학교에 입학시켰다. 그러나 극빈 축에 드는 집안인지라 몇 푼 아니 되는 월사금과 학비를 대지 못하여 중도에 퇴학시켰다. 애초에 입학시킬 상의로 P에게 편지를 했을 때에 P는 공부 같은 것은 시켰자 소용이 없으니 차라리 뼈가 보드라운 때부터 생일[勞動]을 시키라고 하였다. P의 형은 그러나 백부(伯父)[26]의 도리로나 집안의 체면으로나 창선이를 생일을 시킬 수가 없었다. 차라리 자기 손에 두어 헐벗기고 헐입히면서 공부도 시키지 못하느니 제 아비인 P더러 데려가라고 작년부터 편지를 하던 터이다.

금년도 입학 시기가 당하매 P의 형은 P에게 누차 편지를 하였다. 금년에 입학을 시키지 못하면 명년에는 학령이 초과되어 들여 주지 아니할 것이니 어서 데려다가 공부를 시키라는 것이다.

"그 어린것이 굶기를 먹듯 하고 재주는 있으면서 남의 집 아이들이 학교에 다니는 것을 부러워하는 꼴은 차마 애처로워 볼 수가 없다. 차라리 이꼴저꼴 보지 않는 것이 속이나 편하겠다."

이번 편지에는 이러한 구절이 있고 끝에 가서,
"여비가 몇 원 변통되면 차를 태우고 전보를 칠 테니 정거장에 나와 데려가거라. 나도 웬만하면 객지에 혼자 있는 너에게 어린 자식을 떠맡기듯이 보내겠느냐마는 잘못하다가 그것을 굶겨 죽이겠기에 생각다 못하여 단행하는 것이다."

이러한 말이 씌어 있었다.
P는 박박 찢은 편지를 돌돌 뭉쳐 방구석에 내던지고 한숨을 푸- 내쉬었다.
인제는 자식을 데리고 있기가 피할 수 없이 되었는데, 어떻게 했으면 좋을까 하는 것이다. 그는 형이 원망스럽고 아니꼬웠다.
굳이 제 아비를 따라 보낸다는 것이 아니라 부등부등 공부를 시키려는 것 때문이다. 기왕 서울로 보내나 시골서 데리고 있으나 고생시키기는 일반이니 차라리 시골서 일찍부터 생일이나 시켰으면 P에게는 여러 가지로 좋을 것이었다.
"흥! 체면! 공부! 죽여도 인텔리는 만들잖는다."
P는 혼자 이렇게 두덜거렸다.

"집에서 온 편지유? 무슨 걱정이 생겼수?"

말거리를 찾지 못하여 머뭇거리고 섰던 안방 노인이 동정이나 하는 듯이 이렇게 묻는다.

"아니오."

P는 마지못해 코대답을 하였다.

"필경 무슨 걱정이 생긴 게구려!"

노인은 자기의 말거리를 만들려고 아니라는데도 이렇게 걱정을 내놓는다.

"그게 모다 가난한 탓이지…… 저렇게 젊고 똑똑한 이가 저게 모다 가난한 탓이야! 어데 구실[職業]자리 말한다더니 아직 아니 됐수?"

"네, 아직……."

"거 큰일났구려! 어서 돼야 할 텐데…… 나도 꼭 죽겠수…… 이 늙은것이……! 돈 좀 마련되잖았수?"

"네, 아직 좀……."

"저걸 어쩌나! 오늘은 물 값이야 전깃불 값이야 사뭇 받으러 달려들 텐데!"

"메칠만 더 미루십시오. 설마하니 마나님이야 아니 드리겠습니까……."

"아무럼! 실수야 없을 줄 알지만 내가 하도 옹색하니깐 그러는 거지……."

P는 노인이 지껄이게 두어 두고 혼자 생각하였다. 전에 아는 집에서 셋방을 얻어 들었을 때에는 두 달이고 석 달이고 세가 밀려도 조르는 법이 없었다.

밀려도 조르지 아니하는 아는 집…… 이것이 P는 도리어 미안해서 이곳으로 옮겨 온 것이다. 옮겨 와 가지고 막상 졸림질을 당하니 미안해도 졸리지는 아니하던 옛 집이 그리워지는 것이다.

노인이 문을 가로막고 서서 수다스런 소리로 더 지껄이려고 하는데 마침 P의 동무 M과 H가 찾아왔다.

"어데 나가나?"

M이 그러잖아도 벌씸한 코를 한 번 더 벌씸하고 사이 벌어진 앞니를 내보이며 싱끗 웃는다.

몸집은 M과 같이 통통하지만 키가 작아 M의 뒤에 가려 섰던 H가 옆으로 나서며,

"안녕합시요."

하고 인사를 한다.

P는 싱끗이 웃었다. 이 M과 H는 같은 하숙에 있는데 두 사람은 곧잘 같이 돌아다닌다. 같이 가는 것을 나란히 세워 놓고 보면 하나는 키가 커서 우뚝하고 하나는 키가 작아서 납작 붙어 가는 것 같다.

얼굴도 M은 우둘부둘한 게 정객 타입으로 생겼고 - 잘못하면 복싱 링에 내세워도 좋겠고 – H는 안존[27]한 게 사무원 타입이다.

일상의 언행을 보아도 H는 무슨 이야기가 자기 전문인 법률에 관한 것에 다다르면 육법전서의 조목을 따르르 외우면서 이러고저러고 하다고 설명을 하고, M은 동경서 학생 ××에 제휴를 했던 만큼, 그리고 전문이 정경과인 만큼 좌익 진영에서 쓰는 어투가 그대로 나온다.

"여전히 모다 동색(冬色)이 창연하군!"

P는 두 사람의 특특한 겨울 양복을 보고, 그리고 자기의 행색을 내려보며 웃었다.

M이 신을 벗고 들어와 먼지 앉은 책상 위에 걸터앉으며,

"춘래불사춘일세."[28]

하고 한마디 외운다. H도 따라 들어와 한편에 앉으며 한마디 한다.

"아직 괜찮아…… 거리에서 보니까 동복 입은 사람이 많데……."

"괜찮기는 무어 괜찮아…… 우리가 길로 돌아다니니까 사방에서 아이구 아야! 소리가 들리데."

"왜?"

"봄이 발밑에서 짓밟히느라고."

"하하하하."

세 사람은 소리를 내어 웃었다.

"참 시험 본 것 어떻게 되었소?"

P는 H가 일전에 총독부에서 본 고원 채용 시험을 생각하고 물어보았다.

"말두 마시우…… 이제는 꼭 들어앉아 공부나 해가지고 변호사 시험이나 치겠소."

사람이 별로 변통성도 없고 그렇다고 여기저기 반연[29]도 없어 취직이 여의하게 되지 못하는 것을 볼 때에 P는 가엾은 생각이 늘 들곤 하였다.

"가만있게…… 어서 변호사 시험만 패스하게. 그러면 인제 내가 100만 원짜리 주식회사를 조직해 가지고 자네를 법률 고문으

로 모셔옴세."

이것은 M이 늘 농 삼아 하는 농담이다. M도 1년 동안이나 취직 운동을 하면서 지냈건만 그는 도리어 배포가 유하다. 조금 더 재바르게 했으면 M은 벌써 취직이 되었을는지도 모르나 그는 타고난 배포와 그리고 남에게 아유구용30)을 하기 싫어하는 성질로 말하자면 취직 전선의 낙오자다.

별로 만나야 할 일도 없다. 그러나 제가끔 혼자 있으면 우울해지니까 이렇게 서로 찾으며 자주 만나게 된다.

만나 앉아서 이야기라도 지껄이면 그동안만은 명랑하여진다. 지금 서울 안에 P니 M이니 H니와 매일 만나 하는 일 없이 돌아다니고 주머니 구석에 돈푼 있으면 서로 털어 선술잔이나 먹고 하는 룸펜31)의 패가 수없이 많다.

무어나 일을 맡겼으면 불이 번쩍 일게 해낼 팔팔한 젊은 사람들이다. 그렇건만 그들은 몸을 비비 꼬고 있다.

아무 데도 용납지 못하는 사람들이다. ××적 ××에서 그들을 불러들이기에는 ××적 ××의 주관적 정세가 너무도 미약하다. 그것은 그들의 몇 부분이 동경서 학생으로 있을 시절에는 그 속에서 활발하게 ××을 계속하던 것이 조선에 나오면서 탈리(脫離)32)되는 것으로 보아 그러한 해석을 내리지 아니할 수가 없다.

그렇다고 부르주아의 기성 문화기관에 들어가자니 그곳에서는 수요를 찾지 아니한다. 레디메이드로 된 존재들이니 아무 때라도 저편에서 필요해야만 몇씩 사들여 간다.

M이 마코를 꺼내 놓고 붙여 문다. P는 포켓 속에 들어 있는 해

태를 차마 내놓기가 낯이 따가워 M의 마코를 집어당겼다.

······(원문 80여 자 탈락)······

P는 설명을 시작한다. P 자신 그러한 장난 비슷한 공상은 하면서 일단 해보라고 하면 주저할 것이지만 어쨌거나 그랬으면 통쾌하리라는 것이다.

"먼점 경무국에 들어가서 아주 까놓고 이야기를 한단 말이야. 우리가 지금 대상으로 하는 것은 총독부가 아니라 조선의 소위 민간측 유지들이니까 간섭을 말어 달라고."

"그러면 관허(官許) 메이데이로구만."

"그래 관허도 좋아······ 그래가지고는 기에다가는 무어라고 쓰느냐 하면 '우리에게 향학열을 고취한 놈이 누구냐?'······어때?"

"좋지!"

"인텔리에게 직업을 대라······ 이렇게 노래를 지어 부르거든."

······(원문 10여 자 탈락)······

"응······ 유지와 명사의 가면을 박탈시키라고······ 한 몇십 명이 그렇게 데모를 한단 말이야!"

"하하하하."

M은 이렇게 웃고 H는 시원찮게 핀잔을 준다.

"듣그럽소, 여보······ 아 글쎄 멀끔멀끔한 양복쟁이들이 종로 네거리로 기를 받고 그렇게 다녀봐! 애들이 와서 나 광고지 한 장 주, 하잖나."

"하하하하."

"허허허허."

창 밖에서 냉이장수가 싸구려 소리를 외치고 지나간다. M이 그에 응하여,

"이크! 봄을 덤핑하는구나!"

"흥, 경제학자라 달르군…… 참 우리 하숙에서는 채소를 좀 멕여주어야지!"

"밥값을 잘 내보지."

"그도 그렇지만."

"나는 석 달 치 밀렸네."

"나도 그렇게 될걸."

"그러니까 나처럼 이렇게 아파트 생활을 해요."

이것은 P의 말이다. 아파트라고 말해 놓고도 서글퍼서 허허 웃었다.

"조선식 아파트! 그렇지만 우리가 아파트 생활을 했다면 아마 두어 달 전에 굶어 죽었을걸."

"나는 돈을 보면 초면 인사를 해야 되겠네…… 본 지가 하도 오래서 낯을 잊었어."

"여보게."

하고 M이 의젓하게 H를 달군다.

"돈 구경한 지 오래 됐다지?"

"응."

"존 수가 있네."

"뭣?"

"자네 책 좀 삼사(三四) 구락부에 보내세."

"싫으이."

"자네 돈 구경하고…… 구경하고 나서 그놈으로 한잔 먹고……."

"한잔 말이 났으니 말이지, 요즘 같으면 술이나 실컷 먹고 주정이라도 했으면 속이 시원하겠네."

"그러니까 말이야…… 가세. 가서 다섯 권만 잽혀."

"일없다."

"내가 찾아주지."

"흥."

"정말이야."

"싫여."

6.

그날 밤.

P와 M은 H를 졸라 그의 법률 책을 잡혀 돈 6원을 만들어 가지고 나섰다.

선술집에 가서 엔간히 취하도록 먹은 뒤에 C라는 카페에 가서 술 두 병을 놓고 자정이 되도록 노닥거렸다.

그곳에서 나올 때는 6원 돈이 2원 남았다. 2원의 처치를 생각하던 세 사람은 일제히 동관으로 가기로 하였다.

세 사람이 모두 다리가 비틀거렸다. 그중에도 P는 더욱 취하였다.

닐리리 가락으로 들어박힌 갈보집.

다 쓰러져 가는 초가집을 세 사람이 아는 집 들어서듯이 쑥쑥

들어서니,

"들어옵시요."

"어서옵시요."

라고 머리 땋은 계집애와 배가 북통 같은 애 밴 계집이 마루로 나선다.

P가 무심결에 해태갑을 꺼내어 붙여 무니까 머리 딴 계집애가 P의 목을 걸싸안고 볼에다 입을 쪽 맞추더니,

"나도 하나."

하고 손을 벌린다. P는 기가 막혀 담배곽을 내미는데 H와 M은 박수를 하며,

"부라보!"

하고 굉장하게 큰 소리로 외친다.

건넌방에 들어가 앉으니 마루에서 따그락따그락 소리가 난다.

배부른 계집은 푸대접을 받고 머리 딴 계집애가 H와 M의 손으로 옮아 다니면서 주물린다. 깩깩 소리를 지르며 엄살을 한다. 말을 붙이고 대답을 주고받고 하는 것이 H와 M은 전에 한번 와 본 집인 듯하다.

술상이 들어왔다.

잔은 사발만한데 술주전자는 눈알만하다. 술을 부어 놓으니 M이 척 받아놓고는 노래를 투정한다. 계집애는 그보다 더 약아 제가 그 술을 쪽 들이마시고는 빈 잔만 M의 입에 대어 준다.

P는 개숫물33)같이 밍밍한 술을 두어 잔 받아먹는 동안에 비위가 콱 거슬려서 진정하느라고 드러누웠다.

H가 계집애를 무릎에 올려놓고 신이 나게 노래를 부른다. 물

론 고저도 장단도 맞지 아니하는 노래다.

　M이 애 밴 계집을 실컷 시달려주다가 머리 딴 계집애를 빼앗아가더니 귀에 대고 무어라고 속삭거린다. 그러면서 둘이서 연해 P를 건너다보며 싱긋벙긋 웃는다.

　조금 있다가 계집애가 P에게로 오더니 귀에다 입을 대고 속삭인다.

　"저이가 나더러 당신하고 오늘 저녁…… 응 어때?"

　"그래라."

　P는 불쑥 성난 것처럼 대답했다.

　"아이! 숭거워!"

　계집애는 P를 한번 꼬집어주고 다시 M에게로 달아났다.

　M에게로 가서 또 무어라고 속삭거리더니 재차 와 가지고는 귓속말을 한다.

　"자고 가, 응."

　"그래. 글쎄."

　"꼭."

　"응."

　"정말."

　"응."

　술은 네 주전자가 들어왔는데 세 사람 손님은 두서너 잔씩밖에 아니 먹었다. 그 나머지는 다 저희가 먹었다. 계집애가 술이 곤주가 되게 취해가지고 해롱해롱 까분다.

　술값을 치르는 것을 보고 P도 따라 일어섰다. M이 몸뚱이로 슬쩍 밀어서 방 안으로 들여보내고 뒤에서 계집애가 양복 뒷깃을 잡아당긴다.

"그래라, 자고 간다."

P는 방 가운데 벌떡 드러누웠다.

"너희 집이 어디냐?"

계집애가 옆에 와서 앉는 것을 보고 P가 물었다.

"××도 ××."

"언제 왔니?"

"작년에."

P는 몸을 일으켰다. 또 속이 왈칵 뒤집혀 좀 더 진정하려고 하는 생각인데 계집애가 콱 밀어뜨린다.

"나이 몇 살이냐?"

"열여덟."

"부모는?"

"부모가 있으면 여기서 이 짓을 해?"

"왜 이 짓이 나쁘냐?"

"흥…… 나도 사람이야."

"에-꾸! 나는 네가 신선인 줄 알았더니 인제 알고 보니까 사람이로구나!"

"드끄러!"

계집애는 눈을 쭉 흘기고는 갑자기 웃으면서 P의 목을 그러안는다.

"자고 가, 응."

"우리 마누라한테 자볼기 맞고 쫓겨난다."

"그러면 나한테 와서 나하고 살지…… 여기 내 빚 80원만 물어주면……."

"80원이냐?"

"응."

"가겠다."

P가 또 일어나려는 것을 계집이 껴안고 놓지 아니한다.

"자고 가…… 내가 반했어."

"아서라."

"정말!"

"놓아."

"아니야, 안 놓아. 자고 가요, 응…… 자고…… 나 돈 좀 주어."

"돈? 내가 돈이 있어 보이니?"

"돈 소리가 절렁절렁 나는데?"

미상불 P의 포켓 속에서는 아까부터 잔돈 소리가 가끔 잘랑거렸다.

"자고 나 돈 조끔 주고 가, 응."

"얼마나?"

"암만도 좋아…… 50전도, 아니 20전도."

계집애의 말이 떨어지기도 전에 P는 불에 덴 것같이 벌떡 일어섰다. 일어서면서 그는 포켓 속에 손을 넣어 있는 대로 돈을 움켜쥐어 방바닥에 홱 내던졌다. 1원짜리 지전 두 장과 백동전이 방바닥에 요란스럽게 흐트러진다.

"아따 돈!"

해 던지고는 P는 뛰어나왔다. 그의 눈에는 눈물이 고였다.

7.

P는 정조(貞操)적으로 순진한 사나이가 아니다. 열네 살 때에 소꿉질 같은 장가를 갔고, 그 뒤 동경 가서 있을 동안에 거기 여자와 살림도 하였다.

조선에 돌아와 직업을 가지고 있는 사이에 기생과 사귀어 한 동안 죽을 둥 살 둥 모르게 지내기도 하였다.

그 밖에도 정 두어 지낸 여자가 두엇 더 있다. 그러나 삼십이 되도록 지금까지 유곽을 가거나 은근짜34) 집을 가거나 동관의 색주가 집에 가서 잠자리를 한 일은 없다.

그것은 P의 괴벽이다. 어떠한 여자를 막론하고 그가 정이 들지 아니한 여자면 절대로 관계를 아니 한다는 것이다.

그 대신 한번 P의 눈에 들고 따라서 정이 들면 아무것도 돌아보지 아니하고 심각한 열정에 맡기어 완전히 그 여자를 움켜쥐어버리며 또한 그 여자에게 전부를 내주어버린다. 그리하여 그는 늘 All or nothing을 말한다.

이것이 처세상 퍽 이롭지 못한 것을 P도 잘 안다. 또 공연한 승벽35)이요 고집인 줄 알건만 그는 그것을 고치지 못한다.

이날 밤에도 그는 그 계집애를 조금도 어떻게 하겠다는 생각은 나지 아니하였다.

술 취한 끝에 속이 괴로우니까 진정을 하자는 판인데 '50전 아니 20전도 좋아' 하는 소리에 버쩍 흥분이 된 것이다.

너무도 인간이 단작스럽고 악착스러운 것 같았다. P가 노상 보고 듣는 세상이 돈을 중간에 놓고 악착스럽게 으등으등하는 것임을 모르는 바는 아니나 정조 대가로 일금 20전을 요구하는 것은 처음 보았다.

P는 그러한 여자가 정조를 파는 데 무신경한 것도 잘 알고 있으며, 따라서 그것이 비도덕이니 어쩌니 하는 것도 아니다.

그의 관점과 해석은 그런 것보다 더 나아간 입장에 있었다.

그러나 '20전만 주어도' 소리에는 이것저것 생각하고 헤아릴 나위도 없었다. 더럽고 얄미우면서 그러면서도 눈물이 고였다. 3원쯤 되는 전 재산을 털어 내던지고 정신없이 뛰어나온 것이다.

술 취한 P를 혼자 남겨둔 H와 M은 골목에 기다리고 서서 있었다. P가 뛰어나오는 것을 보고 그들은 우선 농을 건넨다.

"한턱 하오."

"장가간 턱 하게."

P는 고개를 흔들었다. 그리고 멍하니 서서 생각을 하였다.

다분의 가면 밑에서 꿈틀거리는 인도주의에 몹시 증오를 느끼는 P는 이날 밤 자기의 행동을 어떻게 해석할지 몰라 괴로워하였다.

내일을 굶어야 할 그 돈이지만 돈이 아까운 것이 아니다. 정조값으로 20전을 주어도 좋다는데 왜 정조는 퇴하고 돈만 있는 대로 다 떨어주었는가? 왜 눈에 눈물은 고였는가?

8.

P는 머리가 멍하고 속이 뉘엿거리어 정신을 차릴 수가 없었다. 그는 두 친구에게 인사두 변변히 하지 아니하고 코를 베인

듯이 삼청동으로 올라왔다. 어서 바삐 좀 드러눕고만 싶었던 것이다.

아무리 방구들은 차고 지저분하게 늘어놓았어도 제 처소는 반가운 것이다. 더구나 몸이 괴로울 때는!

P는 누더기 양복이나마 벗으려고도 아니하고 그대로 펴두었던 이부자리 속에 몸을 파묻었다. 드러누우니 취기가 새삼스레 더하여 영영 옷 벗을 생각도 잊어버리고 그대로 잠이 들었다.

얼마를 자고 났는지 괴로워 부대끼다 못하여 잠이 깨었을 때는 목이 타는 듯이 말랐다. 물은 없다. 물이 없어 못 먹느니라 생각하니 목은 더 말랐다.

밤은 어느 때나 되었는지 짐작할 수가 없다. 전등은 그대로 켜져 있다. 밖에서는 사람 지나다니는 발자국 소리도 들리지 아니한다. 전차 갈리는 소리도 들리지 아니하고 가끔 가다가 자동차의 경적이 딴 세상의 소리같이 감감하게 들려온다.

밤이 깊지 아니했으면 잠긴 안대문을 두드려 주인 노인에게라도 물을 청하겠지만 이 깊은 밤에 그리하기도 미안하다. 그것도 방세나 여일하게 내었을세 말이지 얼굴 대하기를 이편에서 피하는 판에 차마 못할 일이다.

물지게 장수의 삐득거리는 소리가 들리나 하고 귀를 기울였으나 감감히 소리가 없다.

목은 더욱더욱 말라 들어온다. 입술이 바싹 마르고 입안이 침기가 없고 목구멍이 바삭바삭 소리가 날 듯이 마르고, 그러고는 창자 속까지 말라 내려가는 듯하다.

방금 미칠 듯하다.

눈앞에 용용하게 흘러가는 푸른 한강이 어릿어릿하고 쏴 쏟아지는 수통 꼭지가 보이는 듯하다.

P는 배고픈 고비는 많이 겪어 보았으나 이대도록도 목마른 참은 당하기 처음이다.

배는 고프면 기운이 없고 착 가라앉을 뿐이었지만 목이 극도로 마름에는 금시 미치고 후덕후덕 날뛸 것 같다.

일어나서 삼청동 꼭대기로 올라가면 산골짜기의 물도 있고 또 우물도 있기는 하다. 그러나 이 어두운 밤에 어디가 어디인지 보이지 아니할 테고 또 우물에는 두레박도 없을 것이다.

겨우겨우 참아가며 몇 시간을 삐대었다. 실상 한 시간도 못 되는 동안이지만 P에게는 여러 시간인 듯만 싶었다.

그런 뒤에 겨우 물지게 소리를 듣고 그는 수통 있는 곳을 찾아 뛰어나갔다.

사정 이야기도 변변히 하지 아니하고 쏟아지는 수통 꼭지에 매달려 한 동이는 되리시피 냉수를 들이켰다. 물장수가 어이가 없어 멀끔히 쳐다보고만 있다가 P의 꾸벅하고 돌아서는 등 뒤에다 혀를 끌끌 찬다.

밥보다도 더 다급하게 그립던 물을 실컷 들이켜고 나니 찌뿌드드하게 엉킨 듯 불쾌하던 취기도 적이[36] 걷히고 정신이 말쑥하여졌다.

P는 새삼스레 양복을 벗어 던지고 다시 자리에 파묻혔다. 인제는 잠이 십 리나 달아나고 눈이 초랑초랑하여진다. 그러면서 어젯밤 일이 머리에 떠오른다.

그것은 마치 못 먹을 것을 먹은 깃처럼 께름칙한 기억이다. 아무릇게나 씻어 넘겨버리재도, 그러나 머리 한구석에 박혀 가지고 사라지려 하지 아니하는 어룽[37]과 같다. 어떻게 해서라도 시원스러운 해석을 내리고라야 마음이 놓일 것 같다.

정조 대가로 일금 20전을 부르는 여자…….

방금 세상에는 한 번 정조를 빼앗긴 것으로 목숨을 버려 자살하는 여자가 있다. 그러는 한편 '20전도 좋소' 하는 여자가 있다.

여자의 정조가 그것을 잃었다고 자살을 하도록 그다지도 고귀한 것이라면 '20전에도 팔겠소' 하는 여자가 눈을 멀끔멀끔 뜨고 살아 있는 사실은 무엇으로 설명할 것인가?

또 정조를 '20전에도 팔겠소' 하는 여자가 있도록 그것이 아무렇지도 아니한 것이라면 그것을 한 번 빼앗긴 때문에 생명을 내버리는 여자가 있는 것은 무엇으로 설명할 것인가?

이 두 여자가 모두 건전한 양심의 소유자라고 볼 수는 없다.

그러나 그 가운데 나무라기로 들면 차라리 정조를 빼앗긴 것으로 자살한 여자를 나무랄 것이지 '20전에 팔겠소' 하는 여자는 나무랄 수가 없다.

열여섯 살부터 시작하여 이래 삼 년이나 색주가 집으로 굴러다니는 여자다.

언제 누구에게 귀떨어진 도덕 관념이나 정당한 인생관을 얻어들은 적이 없을 것이다.

술잔을 들고 앉아 한 잔이라도 오는 손님에게 더 먹여 한 푼어치라도 주인의 수입을 도와주면 칭찬이 오니 그만이다.

"고년 어여쁘다. 나하고 ××."

하고 손님이 말하면 그에 좇아 비록 조발[38]일지언정 생리적

만족을 얻는 한편 그야말로 단돈 20전이라도 벌면 그만이다.

옆에서 그것을 시키기는 할지언정 그것이 나쁘다고 가르쳐주는 사람이 있을 턱이 없는 것이다. 사실 일반 매춘부가 정조적으로 양심을 가진 듯이 보인다는 것은 그 대부분이 되레 한 가식(假飾)에 지나지 못하는 것이다.

그것은 그들에게 있어서 일종의 정당성을 가진 노동인 것이다.

그러니까 그것을 보고 불쌍하다고 여기고 동정을 하는 것은 위문이 폐문[39]이다.

지금 세상은 정당한 성도덕(性道德)이 서서 있는 때도 아니다.

그것은 한 세대에 여러 가지의 시대 사조가 얼크러져 있는 때문이다. 그러니까 여자의 정조에 대하여도 일률적으로 선악과 시비를 가릴 수는 없는 것이다.

하룻밤 몸값으로 '20전도 좋소' 하는 여자, 그에게는 다른 사람이 갖는 성도덕도 없고 따라서 자신을 타락이라서 슬퍼하지도 아니한다.

그 여자 자신을 나무랄 필요도 없는 것이요, 동정할 머리[40]도 없는 것이다. 그 여자 자신은 결코 불쌍한 사람이 아니다.

예수의 사랑(?)도 아무리 그 사랑이 크고 넓다 했을지언정 그것은 '불쌍한 사람', '죄 지은 사람'에게 미칠 수 있는 것이다.

'불쌍하지 아니한', '죄 짓지 아니한' 동관의 색주가 계집애에게는 누구의 동정이나 사랑도 일없는 것이다.

'뭣? 관념적이라고?'

그렇다. 관념적이라도 할 수 없다. 그러나 그것은 그 여자의 주관을 객관화한 것이다. 그러니까 그것은 한 엄연한 현실이다.

……(원문 30여 자 탈락)……

또 그 병적 현실에 메스를 대는 것은 집단의 역사적 문제이지만 룸펜 인텔리의 결벽과 흥분쯤으로는 문제도 되지 아니한다.

다만 취객이 3원 각수[41]를 던져주었음으로 해서 그 여자는 감격 없는 기쁨을 맛보았을 뿐일 것이다.

'이게 웬 떡이냐…… 어제 저녁에 꿈이 괜찮더니 이런 땡을 잡을 양으로 그랬구나…… 웬 얼간망둥이냐.'

그 계집애는 응당 그렇게밖에는 더 생각되지 아니하였을 것이다. 그것이 결코 무리가 없는 당연한 일이다.

P는 여기까지 생각하고 입맛 쓴 고소(苦笑)[42]를 띠었다.

'흥! 되지 못하게…… 장님이 눈병 앓는 사람더러 불쌍하다고 한 셈인가.'

P는 돌아누우면서 혀를 끌끌 찼다.

9.

1934년의 이 세상에도 기적이 있다.

그것은 P가 굶어 죽지 아니한 것이다. 그는 최근 일주일 동안 돈이 생긴 데가 없다. 잡힐 것도 없었고 어디서 벌이를 한 적도 없다.

그렇다고 남의 집 문 앞에 가서 밥 한 술 주시오 하고 구걸한 일도 없고 남의 것을 훔치지도 아니하였다.

그러나 그동안 굶어 죽지 아니하였다. 야위기는 하였지만 그래도 멀쩡하게 살아 있다. P와 같은 인생이 이 세상에 하나도 없이 싹 치운다면 근로하는 사람이 조금은 편해질는지도 모른다.

P가 소부르주아 축에 끼이는 인텔리가 아니요 노동자였더라면 그동안 거지가 되었거나 비상수단을 썼을 것이다. 그러나 그에게는 그러한 용기도 없다. 그러면서도 죽지 아니하고 살아 있다. 그렇지만 죽기보다도 더 귀찮은 일은 그를 잠시도 해방시켜 주지 아니한다.

그의 아들 창선이를 올려 보낸다고 어제 편지가 왔고 오늘은 내일 아침에 경성역에 당도한다는 전보까지 왔다.

오정 때 전보를 받은 P는 갑자기 정신이 난 듯이 쩔쩔매고 돌아다니며 돈 마련을 하였다. 최소한도 20원은…… 하고 돌아다닌 것이 석양 때 겨우 15원이 변통되었다.

종로에서 풍로니 냄비니 양재기니 숟갈이니 무어니 해서 살림나부랭이를 간단하게 장만하여 가지고 올라오는 길에 전에 잡지사에 있을 때 안 ××인쇄소의 문선과장을 찾아갔다.

월급도 일없고 다만 일만 가르쳐주면 그만이니 어린아이 하나를 써달라고 졸라대었다.

A라는 그 문선과장은 요리조리 칭탈[43]을 하던 끝에- 그는 P가 누구 친한 사람의 집 어린애를 천거하는 줄 알았던 것이다.

"보통학교나 마쳤나요?"

하고 물었다.

"아니요."

P는 솔직하게 대답하였다.

"나이 몇인데?"

"아홉 살."

"아홉 살?"

A는 놀라 반문을 하는 것이다.

"기왕 일을 배울 테면 아주 어려서부터 배워야지요."

"그래도 너무 어려서 원…… 뉘 집 애요?"

"내 자식놈이랍니다."

P는 그래도 약간 얼굴이 붉어짐을 깨달았다. A는 이 말에 가장 놀라운 일을 보겠다는 듯이 입만 벌리고 한참이나 P를 물끄러미 바라다본다.

"왜? 내 자식이라고 공장에 못 보내란 법 있답디까?"

"아니, 정말 그래요?"

"정말 아니고?"

"괜히 실없는 소리!…… 자제라고 해야 들어줄 테니까 그러시지?"

"아니, 그건 그렇잖애요. 내 자식놈야요."

"그럼 왜 공부를 시키잖구?"

"인쇄소 일 배우는 것도 공부지."

"그건 그렇지만 학교에 보내야지."

"학교에 보낼 처지도 못 되고 또 보낸댔자 사람 구실도 못할 테니까……."

"거 참 모를 일이오…… 우리 같은 놈은 이 짓을 해가면서도 자식을 공부시키느라고 애를 쓰는데 되려 공부시킬 줄 아는 양반이 보통학교도 아니 마친 자제를 공장엘 보내요?"

"내가 학교 공부를 해본 나머지 그게 못쓰겠으니까 자식은 딴 공부를 시키겠다는 것이지요."

"글쎄 정 그러시다면 내가 내 자식 진배없이 잘 데리고 있으면 서 일이나 착실히 가르쳐드리리다마는…… 원 너무 어린데 애차 랍잖애요?"

"애차라운 거야 애비 된 내가 더하지요만 그것이 제게는 약이 니까……."

P는 당부와 치하를 하고 인쇄소를 나왔다. 한 짐 벗어 놓은 것 같이 몸이 거뜬하고 마음이 느긋하였다.

그는 집으로 올라가는 길에 싸전에 쌀 한 말을 부탁하고 호배 추⁴⁴)도 몇 통 사들였다. 그렁저렁 5원을 썼다.

10원 남은 중에 주인 노인에게 6원을 내주니 입이 귀밑까지 찢어진다. 그 끝에 P가 사 온 호배추를 내주며 김치를 담가달라 고 하니 선선히 응낙한다. 그리고 자식을 데리고 자취를 하겠다 니까 깍두기야 간장이야 된장 같은 것을 아까운 줄 모르고 날라 다주곤 한다.

10.

이튿날 전에 없이 첫새벽에 일어난 P는 서투른 솜씨로 화롯밥 을 지어 놓고 정거장으로 나갔다.

그의 형에게서 온 편지에 S라는 고향 사람이 서울 올라오는 길에 따라 보낸다고 했으니까 P는 창선이보다도 더 낯이 익은 S 를 찾았다.

과연 차가 식식거리고 들어서매 인간을 뱉어 내놓는 찻간에서 S가 창선이를 데리고 두리번거리며 내려왔다.

어디서 생겼는지 새까만 고쿠라 양복을 입고 이화표 붙은 학생 모자를 쓰고 거기다가 보따리를 하나 지고 무엇 꾸린 것을 손에 들고 차에서 내리는 어린아이…… 저게 내 자식이니라 생각하니 P는 어쩐지 속으로 얼굴이 붉어지며 한편 가엾기도 하였다.

S가 두 손에 짐을 가득 들고 두리번거리다가 가까이 온 P를 보고 반겨 소리를 지른다. 창선이가 모자를 벗고 학교식으로 경례를 한다. 얼굴을 자세히 보니 너덧 살 적에 보던 것보다 더한층 저의 외가를 닮았다. P는 그것이 몹시 불만이었다.

"그새 재미나 좋았나?"

S의 하는 첫인사다.

"뭘 그저 그렇지…… 괜한 산 짐을 지고 오느라고 애썼네."

P는 이렇게 인사 겸 치하를 하였다.

"원 천만에……! 그 애가 나이는 어려도 어떻게 속이 찼는지…… 너 늬 아버지 알아보겠니?"

S는 창선이를 돌아보며 웃는다. 창선이는 고개를 숙이고 수줍은지 아무 대답도 아니한다.

P는 S와 창선이를 데리고 구름다리로 올라왔다.

"저희 외할머니가 저 양복이야 떡이야 모다 해가지고 자네 댁에까지 오셨더라네…… 오서서 어제 떠나는데 정거장까지 나오셨는데 여러 가지 신신당부를 하시데…… 자네에게 전하라고."

S는 P가 그다지 듣고 싶지도 아니한 이야기를 뒤따라오며 늘어놓는다. 그의 가슴에는 옛날의 반감이 솟쳐 올랐다.

"별걱정 다 하든 게로군…… 내 자식 내가 어련히 할까 버 쫓아다니며 그래!"

"그래도 노인들이야 어데 그런가…… 객지에서 혼자 있는데 데리고 있기 정 불편하거든 당신에게로 도루 보내게 하라고 그러시데……."

"그 집에 내 자식이 무슨 상관이 있어서 보내라는 거야……? 보낼 테면 그때 데려왔을라구……."

P는 그것이 모두 그와 갈린 아내의 조종인 줄 알기 때문에 더구나 심정이 났다. 화가 나는 대로 하면 어린아이가 입고 온 양복도 벗겨 내던지고 싶었으나 꿀꺽 참았다.

11.

일찍 맛보아 보지 못한 새 살림을 P는 시작하였다.

창선이가 도착한 날 밤.

창선이는 아랫목에서 색색 잠을 자고 있다. 외롭게 꿈을 꾸고 있으려니 생각하매 전에 없던 애정이 솟아오르는 듯하였다.

이튿날 아침 일찍 창선이를 데리고 ××인쇄소에 가서 A에게 맡기고 안 내키는 발길을 돌이켜 나오는 P는 혼자 중얼거렸다.

"레디메이드 인생이 비로소 겨우 임자를 만나 팔리었구나."

치숙

02

우리 아저씨 양반은 나이 어리기도 했지만, 공부를 한답시고 서울로 동경으로 십여 년이나 돌아다녔고, 조금 자라서 색시 재미를 알 만하니까는 누가 이쁘달까 봐 이혼하자고 아주머니를 친정으로 쫓고는 통히 불고를 하고……

치숙

우리 아저씨 말이지요? 아따 저 거시키, 한참 당년에 무엇이냐 그놈의 것, 사회주의라더냐 막덕[1]이라더냐, 그걸 하다 징역 살고 나와서 폐병으로 시방 앓고 누웠는 우리 오촌 고모부 그 양반……

뭐, 말도 마시오. 대체 사람이 어쩌면 글쎄…… 내 원!

신세 간데없지요.

자, 십 년 적공, 대학교까지 공부한 것 풀어먹지도 못했지요. 좋은 청춘 어영부영 다 보냈지요, 신분에는 전과자라는 붉은 도장 찍혔지요. 몸에는 몹쓸 병까지 들었지요.

이 신세를 해가지굴랑은 굴속 같은 오두막집 단칸 셋방 구석에서 사시장철 밤이나 낮이나 눈 따악 감고 드러누웠군요.

재산이 어디 집터전인들 있을 턱이 있나요. 서발 막대[2] 내저어야 짚 검불 하나 걸리는 것 없는 철빈[3]인데.

우리 아주머니가, 그래도 그 아주머니가, 어질고 얌전해서 그 알량한 남편 양반 받드느라 삯바느질이야 남의 집 품빨래야 화장품 장사야, 그 칙살스런[4] 벌이를 해다가 겨우겨우 목구멍에 풀칠을 하지요.

어디루 대나 그 양반은 죽는 게 두루 좋은 일인데 죽지도 아니해요.

우리 아주머니가 불쌍해요. 아, 진작 한 나이라도 젊어서 팔자를 고치는 게 아니라, 무슨 놈의 우난[5] 후분[6]을 바라고 있다가 끝끝내 고생을 하는지.

근 이십 년 소박을 당했지요.

이십 년을 설운 청춘 한숨으로 보내고서 다 늦게야 송장 여대치게[7] 생긴 그 양반을 그래도 남편이라고 모셔다가는 병 수발들랴, 먹고 살랴, 애자진하고[8] 다니는 걸 보면 참말 가엾어요.

그게 무슨 죄다짐[9]이람? 팔자 팔자 하지만 왜 팔자를 고치지를 못하고서 그래요. 우리 죄선 구식 부인네들은 다 문명을 못하고 깨지를 못해서 그러지.

그 양반이 한시바삐 죽기나 했으면 우리 아주머니는 차라리 신세 편하리다.

심덕 좋겠다, 솜씨 얌전하겠다 하니, 어디 가선들 자기 일신 몸 가누고 편안히 못 지내요?

가만있자, 열여섯 살에 아저씨네 집으로 시집을 갔다니깐, 그게 내가 세 살 적이니 꼬박 열여덟 해로군. 열여덟 해면 이십 년 아니오.

그때 우리 아저씨 양반은 나이 어리기도 했지만, 공부를 한답시고 서울로 동경으로 십여 년이나 돌아다녔고, 조금 자라서 색시 재미를 알 만하니까는 누가 이쁘달까 봐 이혼하자고 아주머니를 친정으로 쫓고는 통히[10] 불고를 하고[11]……

공부를 다 마치고 오더니만, 그 담에는 그놈의 짓에 들입다 발광해 다니면서 명색 학생 출신이라는 딴 여편네를 얻어 살았지요. 그 여편네는 나도 몇 번 보았지만 쌍판대기라고 별반 출 수도 없이 생겼습디다. 그 인물로 남의 첩이야? 일색 소박은 있어도 박색 소박은 없다더니, 사실 소박맞은 우리 아주머니가 그 여편네게다 대면 월등 이뻤다우.

그래 그 뒤에, 그 양반은 필경 붙들려가서 오 년이나 전중이[12]를 살았지요. 그동안에 아주머니는 시집이고 친정이고 모두 폭망해서 의지가지없이[13] 됐지요.

그러니 어떻게 해요? 자칫하면 굶어 죽을 판인데.

할 수 없이 얻어먹고 살기도 해야 하려니와, 또 아저씨 나오는 것도 기다려야 한다고 나를 반연[14] 삼아 서울로 올라왔더군요. 그게 그러니까 아저씨가 나오던 그 전해로군.

그때 내가 나이는 어려도 두루 날뛴 보람이 있어서 이내 구라다 상네 식모로 들어갔지요.

그 무렵에 참 내가 아주머니더러 여러 번 권면[15]을 했지요. 그러지 말고 개가(改嫁)를 가라고. 글쎄 어린 소견에도 보기에 퍽 딱하고 민망합디다.

계제에 마침 또 좋은 자리가 있었고요. 미네 상이라고 미쓰꼬시[16] 앞에서 바나나 다다키우리[17]를 하는 인데 사람이 퍽 좋아요.

우리 집 다이쇼[主人][18]도 잘 알고 하는데, 그이가 늘 나더러 죄선 오깜 상하고 살았으면 좋겠다고, 중매 서달라고 그래 쌓어요.

돈은 모아 둔 게 없어도 다 벌어먹고 살 만하니까 그런 사람 만나서 살면 아주머니도 신세 편할 게 아니라구요?

그런 걸 글쎄, 몇 번 말해도 흉한 소리 말라고 듣질 않는 걸 어떡하나요.

아무튼 그런 것 말고라도 참, 흰말이 아니라 이날 이때까지 내가 그 아주머니 뒤도 많이 보아주었다우. 또 나도 그럴 만한 은공이 없잖아 있구요.

내가 일곱 살에 부모를 잃었지요. 그리고 나서 의탁할 곳이 없이 됐는데 그때 마침 소박을 맞고 친정살이를 하는 그 아주머니가 나를 데려다가 길러주었지요.

그때만 해도 그 집이 그다지 군색하게 지내진 않았으니깐요. 아주머니도 아주머니지만 증조할머니며 할아버지도 슬하에 딴 자손이 없어서 나를 퍽 귀애하겠지요.

열두 살까지 그 집에서 자랐군요.

사 년인가까 보통학교도 다녔고.

아마 모르면 몰라도 그 집안에 그렇게 치패[19]하지만 않았으면 나도 그냥 붙어 있어서 시방쯤은 전문학교까지는 다녔으리다.

이런 은공이 있으니까 나도 그걸 저버리지 않고 그래서 내 감냥에는 갚을 만치 갚노라고 갚은 셈이지요.

하기야 요새도 간혹 아주머니가 찾아와서 양식 없다는 사정을 더러 하곤 하는데 실토정 말이지 좀 성가시기는 해요.

그러는 족족 그 수응[20]을 하자면 내 일을 못하겠는걸. 그래 대개 잘라 떼기는 하지요.

그렇지만 그 밖에, 가령 양 명절 때면 고깃근이라도 사 보낸다든지, 또 오며가며 들러 이야기낱이라도 한다든지, 그런 건 결단코 범연히 하진 않으니까요.

아무튼 그래서, 아주머니는 꼬박 일 년 동안 구라다 상네 집 오마니로 있으면서 월급 5원씩 받는 걸 그대로 고스란히 저금을 하고, 또 틈틈이 삯바느질을 맡아다가 조금씩 벌어 보태고, 또 나올 무렵에 구라다 상네 양주가 퍽 기특하다고 돈 7원을 상급으로 주고, 그런 게 이럭저럭 돈 100원이나 존존히 됐지요.

그 돈으로 방 한 칸 얻고 살림 나부랭이도 조금 장만하고 그래 놓고서 마침 그 알량꼴량한 서방님이 놓여 나오니까 그리로 모셔 들였지요.

놓여나오는 날 나도 가서 보았지만, 가막소[21] 문 앞에 막 나서자 아주머니가 기다리고 있으니까 그래도 눈물이 핑 돌던데요.

전에 그렇게도 죽을 동 살 동 모르고 좋아하던 첩년은 꼴도 안 뵈구요. 남의 첩년이란 건 다 그런 거지요, 뭐.

우리 아저씨 양반은 혹시 그 여편네가 오지 않았나 하고 사방

을 휘휘 둘러보던데요. 속이 그렇게 없다니까. 여편네는커녕 아주머니하고 나하고 그 외는 어린친 개새끼 한 마리 없더라.

그래 막, 자동차에 올라타려다가 피를 토했지요. 나중에 들었지만 가막소 안에서 달포 전부터 토혈을 했나 봐요.

그래 다 죽어가는 반송장을 업어 오다시피 해다가 뉘어 놓고, 그날부터 아주머니는 불철주야로, 할 짓 못할 짓 다 해가면서 부스대고 날뛴 덕에 병도 차차로 차도가 있고, 그러더니 인제는 완구히[22] 살아는 났지요. 뭐 참 시방은 용 꼴인걸요, 용 꼴.

부인네 정성이 무서운 겝니다.

꼬박 삼 년이군. 나 같으면 돌아가신 부모가 살아오신대도 그 짓 못해요.

자, 그러니 말이지요. 우리 아저씨라는 양반이 작히나 양심이 있고 다 그럴 양이면, 어허, 내가 어서 바삐 몸이 충실해져서, 어서 바삐 돈을 벌어다가 저 아내를 편안히 거느리고, 이 은공과 전날의 죄를 갚아야 하겠구나…… 이런 맘을 먹어야 할 게 아니라구요?

아주머니의 은공을 갚자면 발에 흙이 묻을세라 업고 다녀도 참 못다 갚지요.

그러고저러고 간에 자기도 이제는 속 차려야지요. 하기야 속을 차려서 무얼 하재도 전과자니까 관리나 또 회사 같은 데는 들어가지 못하겠지만, 그야 자기가 저지른 일인 걸 누구를 원망할 일도 아니고, 그러니 막 벗어붙이고 노동이라도 해야지요.

대학교 출신이 막벌이 노동이란 게 꼴 가관이지만 그래도 할 수 없지, 뭐.

그런 걸 보고 가만히 나를 생각하면, 만약 우리 증조할아버지네 집안이 그렇게 치패를 안 해서 나도 전문학교를 졸업을 했으면, 혹시 우리 아저씨 모양이 됐을지도 모를 테니 차라리 공부 많이 않고서 이 길로 들어선 게 다행이다…… 이런 생각이 들어요.

사실 우리 아저씨 양반은 대학교까지 졸업하고도 이제는 기껏 해먹을 거란 막벌이 노동밖에 없는데, 보통학교 사 년 겨우 다니고서도 시방 앞길이 환히 트인 내게다 대면 고쓰카이[23]만도 못하지요.

아, 그런데 글쎄 막벌이 노동을 하고 어쩌고 하기는커녕 조금 바시시 살아날 만하니까 이 주책꾸러기 양반이 무슨 맘보를 먹는고 하니, 내 참 기가 막혀!

아니, 그놈의 것하고는 무슨 대천지원수[24]가 졌단 말인지, 어쨌다고 그걸 끝끝내 하지 못해서 그 발광인고?

그러나마 그게 밥이 생기는 노릇이란 말인지? 명예를 얻는 노릇이란 말인지. 필경은, 붙잡혀 가서 징역 사는 놀음?

아마 그놈의 것이 아편하고 꼭 같은가 봐요. 그렇길래 한번 맛을 들이면 끊지를 못하지요?

그렇지만 실상 알고 보면 그게 그다지 재미가 난다거나 맛이 있다거나 그런 것도 아니더군 그래요. 부랑당패[25]던데요. 하릴없이 부랑당팹다.

저, 서양 어디선가, 일하기 싫어하는 게으름뱅이 몇 놈이 양지쪽에 모여 앉아서 놀고먹을 궁리를 했더라나요. 우리 집 다이쇼가 다 자상하게 이야기를 해줍디다.

게, 그 녀석들이 서로 구누[26]를 하기를, 자, 이 세상에는 부자가 있고 가난한 사람이 있고 하니 그건 도무지 공평한 일이 아니다. 사람이란 건 이목구비하며 사지육신을 꼭 같이 타고났는데, 누구는 부자로 잘살고 누구는 가난하다니 그게 될 말이냐. 그러니 부자가 가진 것을 우리 가난한 사람들하고 다 같이 고르게 나눠 먹어야 경우가 옳다.

야, 그거 옳은 말이다. 야- 그 말 좋다. 자, 나눠 먹자.

아, 이렇게 설도를 해가지고 우 하니 들고 일어났다는군요.

아니, 그러니 그게 생 날부랑당놈의 짓이 아니고 무어요?

사람이란 것은 제가끔 분지복[27]이 있어서 기수[28]를 잘 타고나든지 부지런하면 부자가 되는 법이요, 복록을 못 타고나든지 게으른 놈은 가난하게 사는 법이요, 다 이렇게 마련인데, 그거야말로 공평한 천리인 것을, 됩다 불공평하다니 될 말이오? 그리고서 억지로 남의 것을 뺏어먹자고 들다니 그놈들이 부랑당이지 무어요.

짓이 부랑당 짓일 뿐 아니라, 또 만약에 그러기로 들면 게으른 놈은 점점 더 게으름만 부리고 쫓아다니면서 부자 사람네가 가진 것만 뺏어먹을 테니 이 세상은 통으로 도적놈의 판이 될 게 아니오? 그나마, 부자 사람네가 모아둔 걸 다 뺏기고 더는 못 먹여내는 날이면 그때는 이 세상 망하는 날이 아니오?

저마다 남이 농사 지어 놓으면 그걸 뺏어먹으려고 일 않고 번둥번둥 놀 것이고, 남이 옷감 짜놓으면 그걸 뺏어다가 입으려고 번둥번둥 놀 것이고 그럴 테니 대체 곡식이며 옷감이며 그런 것이 다 어디서 나올 데가 있어야지요. 세상 망할밖에!

글쎄 그놈의 짓이 그렇게 세상 망쳐 놀 장본인 줄은 모르고서 가난한 놈들, 그중에도 일하기 싫은 게으름뱅이들이 위선 당장 부자 사람네 것을 뺏어먹는다니까 거기 혹해가지굴랑 너도나도 와 하니 참섭을 했다는구려.

바로 저 아라사[29]가 그랬대요.

그래서 아니나 다를까 농군들이 곡식을 안 만들기 때문에 사람이 수만 명씩 굶어 죽는다는구려. 빠안한 이치지 뭐.

위선 먹기는 곶감이 달다고 그 지랄들을 했다가 잘코사니[30]야!

아 그런데, 그 못된 놈의 풍습이 삽시간에 동서양 각국 안 간데 없이 퍼져 가지굴랑 한동안 내지에도 마구 굉장히 드세게 돌아다녔고, 내지가 그러니까 멋도 모르는 죄선 영감상들도 덩달아서 그 숭내를 냈다나요.

그렇지만 시방은 그새 나라에서 엄하게 밝히고 금하고 한 덕에 많이 너끔해졌고 그런 마음먹는 사람은 별반 없다나 봐요.

그럴 게지 글쎄. 아 해서 좋을 양이면야 나라에선들 왜 금하며 무슨 원수가 졌다고 붙잡아다가 징역을 살리나요.

좋고 유익한 것이면 나라에서 도리어 장려하고, 잘할라치면 상급도 주고 그러잖아요.

활동사진이며 스모[31]며 만자이[32]며 또 왓쇼왓쇼[33]랄지 세이레이 낭아시[34]랄지 라디오 체조랄지 이런 건 다 유익한 일이니까 나라에서 설도도 하고 그러잖아요.

나라라는 게 무언데? 그런 걸 다 잘 분간해서 이럴 건 이러고 저럴 건 저러라고 지시하고, 그 더에 백성들은 제각기 세 분수대로 편안히 살도록 애써 주는 게 나라 아니오?

그놈의 것 사회주의만 하더라도 나라에서 금하질 않고 저희가 하는 대로 두어 두었어 보아? 시방쯤 세상이 무엇이 됐을지…….

다른 사람들도 낭패 본 사람이 많았겠지만, 위선 나만 하더라도 글쎄 어쩔 뻔했어! 아무 일도 다 틀리고 뒤죽박죽이지.

내 이상과 계획은 이렇거든요.

우리 집 다이쇼가 나를 자별히 귀애하고 신용을 하니깐 인제 한 십 년만 더 있으면 한밑천 들여서 따로 장사를 시켜줄 그런 눈치거든요.

그러거들랑 그것을 언덕 삼아가지고 나는 삼십 년 동안 예순 살 환갑까지만 장사를 해서 꼭 10만 원을 모을 작정이지요. 10만 원이면 죄선 부자로 쳐도 천석꾼이니, 뭐 떵떵거리고 살 게 아니라구요?

그리고 우리 다이쇼도 한 말이 있고 하니까, 나는 내지인 규수한테로 장가를 들래요. 다이쇼가 다 알아서 얌전한 자리를 골라 중매까지 서 준다고 그랬어요.

내지 여자가 참 좋지요.

나는 죄선 여자는 거저 주어도 싫어요.

구식 여자는 얌전은 해도 무식해서 내지인하고 교제하는 데 안됐고, 신식 여자는 식자나 들었다는 게 건방져서 못 쓰고, 도무지 그래서 죄선 여자는 신식이고 구식이고 다 제바리[35]여요.

내지 여자가 참 좋지 뭐. 인물이 개개 일자로 이쁘겠다, 얌전하겠다, 상냥하겠다, 지식이 있어도 건방지지 않겠다, 좀이나 좋아!

그리고 내지 여자한테 장가만 드는 게 아니라 성명도 내지인 성명으로 갈고 집도 내지인 집에서 살고 옷도 내지 옷을 입고 밥도 내지식으로 먹고 아이들도 내지인 이름을 지어서 내지인 학교에 보내고…….

내지인 학교라야지 죄선 학교는 너절해서 아이들 버려 놓기나 꼭 알맞지요.

그리고 나도 죄선말은 싹 걷어치우고 국어만 쓰고요.

이렇게 다 생활 법식부터도 내지인처럼 해야만 돈도 내지인처럼 잘 모으게 되거든요.

내 이상이며 계획은 이래서 그 10만 원짜리 큰 부자가 바로 내다뵈고, 그리로 난 길이 환하게 트이고 해서 나는 시방 열심으로 길을 가고 있는데, 글쎄 그 미쳐살미³⁶⁾ 든 놈들이 세상 망쳐 버릴 사회주의를 하려 드니, 내가 소름이 끼칠 게 아니라구요? 말만 들어도 끔찍하지!

세상이 망해서 뒤집히면 그래 나는 어쩌란 말인구? 아무것도 다 허사가 될 테니 그런 억울할 데가 있더람?

뭐 참, 우리 집 다이쇼 말이 일일이 지당해요.

여느 절도나 강도나 사기나 그런 죄는 도적이면 도적을 해가는 그 당장, 그 돈만 축을 내니까 오히려 죄가 가볍지만, 그놈의 것 사회주의인지 지랄인지는 온 세상을 뒤죽박죽을 만들어 놓고 나라를 통째로 소란하게 하니까 도저히 용서할 수가 없대요.

용서라니! 나 같으면 그런 놈들은 모조리 쓸어다가 마구 그저 그냥…….

그런 일을 생각하면, 털어놓고 말이지 우리 아저씬가 그 양반도 여간 불측스러³⁷⁾ 뵈질 않아요. 사실 아주머니만 아니면 내가 무슨 천주학이라고 나쁜 병까지 앓는 그 양반을 찾아다니나요. 죽는대도 코도 안 풀어 붙일걸.

그러나마 전자의 죄상을 다 회개를 하고 못된 마음을 씻어버렸을 새 말이지, 뭐 흰 개 꼬리 삼 년이라더냐, 종시 그 모양일걸요.

그러니깐 그게 밉살머리스러워서, 더러 들렀다가 혹시 마주앉아도 위정³⁸⁾ 뼈끝 저린 소리나 내쏘아 주고 말을 다잡아 가지굴랑 꼼짝 못하게시리 몰아세우곤 하지요.

저번에도 한번 혼을 단단히 내주었지요. 아, 그랬더니 아주머니더러 한다는 소리가, 그 녀석 사람 버렸더라고, 아무짝에도 못쓰게 길이 들었더라고 그러더라나요.

내 원, 그 소리를 듣고 하도 어처구니가 없어서!

대체 사람도 유만부동이지, 그 아저씨가 나더러 사람 버렸느니 아무짝에도 못쓰게 길이 들었느니 하더라니, 원 입이 몇 개나 되면 그런 소리가 나오는 구멍도 있누?

좌선 벙어리가 다 말을 해도 나 같으면 할 말 없겠더구먼서도, 하면 다 말인 줄 아나 봐?

이를테면 그게 명색 훈계 비슷한 거렷다? 내게다가 맞대 놓고 그런 소리를 하다가는 되잡혀서 혼이 날 테니까 슬며시 아주머니더러 이르란 요량이던 게지?

기가 막혀서…… 하느님이 사람의 콧구멍 두 개로 마련하기 참 다행이야.

글쎄 아무려면 내가 자기처럼 다아 공부는 못하고 남의 집 고조[小僧]³⁹⁾ 노릇으로, 반또[番頭]⁴⁰⁾ 노릇으로 이렇게 굴러먹을 값에 이래 보여도 표창을 두 번이나 받은 모범 점원이요, 남들이 똑똑하고 재주 있고 얌전하다고 칭찬이 놀랍고, 앞길이 환히 트인 유망한 청년인데, 그래 자기 눈에는 내가 버린 놈이고 아무짝에도 못쓰게 길이 든 놈으로 보였단 말이지?

하하, 오옳지! 거 참 그렇겠군. 자기는 자기 하는 짓이 옳으니까 남이 하는 짓은 다 글렀단 말이렸다?

그러니까 나도 자기처럼 그놈의 것 사회주읜지 급살 맞을 것인지나 하다가 징역이나 살고 전과자나 되고 폐병이나 앓고, 다 그랬더라면 사람 버리지도 않고 아무짝에도 못쓰게 길든 놈도 아니고 그럴 뻔했군그래!

흥! 참…….

제 밑 구린 줄 모르고서 남더러 어쩌구저쩌구 한다는 게, 꼭 우리 아저씨 그 양반을 두고 이른 말인가 봐.

그날도 실상 이랬더라우. 혼을 내주었더니, 아주머니더러 그런 소리를 하더란 그날 말이오.

그날이 마침 내가 쉬는 날이길래 아주머니더러 할 이야기도 있고 해서 아침결에 좀 들렀더니, 아주머니는 남의 혼인집으로 바느질을 해주러 갔다고 없고, 아저씨 양반만 여전히 아랫목에 가서 드러누웠어요.

그런데 보니깐, 어디서 모두 뒤져냈는지, 머리맡에다가 헌 언문 잡지를 수북이 쌓아 놓고는 그걸 뒤져요.

그래 나도 심심 삼아 한 권 집어 들고 떠들어 보았더니, 뭐 읽을 맛이 나야지요.

대체 죄선 사람들은 잡지 하나를 해도 어찌 모두 그 꼬락서니로 해놓는지.

사진도 없지요, 망가[41]도 없지요.

그러고는 맨판 까탈스런 한문 글자로다가 처박아 놓으니 그걸 누구더러 보란 말인고?

더구나 우리 같은 놈은 언문도 그런대로 뜯어보기는 보아도 읽기에 여간만 폐롭지가[42] 않아요.

그러니 어려운 언문하고 까다로운 한문하고를 섞어서 쓴 글은 뜻을 몰라 못 보지요. 언문으로만 쓴 것은 소설 나부랭인데, 읽기가 힘이 들 뿐 아니라 또 죄선 사람이 쓴 소설이란 건 재미가 있어야죠. 나는 죄선 신문이나 죄선 잡지하고는 담 쌓고 남 된 지 오랜걸요.

잡지야 뭐《킹구》[43]나《쇼넹구라부》[44] 덮어 먹을 잡지가 있나요. 참 좋아요.

한문 글자마다 가나[45]를 달아 놓았으니 어떤 대문을 척 펴들어도 술술 내리읽고 뜻을 훤하니 알 수가 있지요.

그리고 어떤 대문을 읽어도 유익한 교훈이나 재미나는 소설이지요.

소설 참 재미있어요. 그중에도 기쿠지캉[46] 소설……! 어쩌면 그렇게도 아기자기하고도 달콤하고도 재미가 있는지. 그리고 요시가와 에이지, 그의 소설은 진찐바라바라[47]하는 지다이모노[48]인데 마구 어깻바람이 나구요.

소설이 모두 그렇게 재미가 있지요. 망가가 많지요. 사진이 많지요. 그러고도 값은 좀 헐하나요. 15전이면 바로 그 전 달 치를 사 볼 수 있고, 보고 나서는 5전에 도로 파는데요.

잡지도 기왕 하려거든 그렇게나 해야지, 죄선 사람들은 제엔장 큰소리는 곧잘 하더구먼서도 잡지 하나 반반한 거 못 만들어 내니!

그날도 글쎄 잡지가 그 꼴이라, 아예 글은 볼 멋도 없고 해서 혹시 망가나 사진이라도 있을까 하고 책장을 후르르 넘기노라니깐 마침 아저씨 이름이 있겠나요! 하도 신통해서 쓰윽 펴 들고 보았더니 제목이 첫줄은 경제, 사회…… 무엇 어쩌구 잔주를 달아 놨겠지요.

그것만 보아도 벌써 그럴 듯해요. 경제는 아저씨가 대학교에서 경제를 배웠다니까 경제 속은 잘 알 것이고, 또 사회는 그것 역시 사회주의를 했으니까 그 속도 잘 알 것이고, 그러니까 경제하고 사회주의하고 어떻게 서로 관계가 되는 것이며 어느 편이 옳다는 것이며 그런 소리를 썼을 게 분명해요.

뭐, 보나 안 보나 속이야 빠안하지요. 대학교까지 가설랑 경제를 배우고도 돈 모을 생각은 않고서 사회주의만 하고 다닌 양반이라 경제가 그르고 사회주의가 옳다고 우겨댔을 거니까요.

아무렇든 아저씨가 쓴 글이라는 게 신기해서 좀 보아 볼 양으로 쓰윽 훑어봤지요. 그러나 웬걸 읽어 먹을 재주가 있나요.

글자는 아주 어려운 자만 아니면 대강 알기는 알겠는데, 붙여 보아야 대체 무슨 뜻인지를 알 수가 있어야지요.

속이 상하길래 읽어 보자던 건 작파하고서 아저씨를 좀 따잡고 몰아세울 양으로 그 대목을 차악 펴놨지요.

"아저씨?"

"왜 그러니?"

"아저씨가 여기다가 경제 무어라구 쓰구, 또 사회 무어라구 썼는데, 그러면 그게 경제를 하란 뜻이오? 사회주의를 하란 뜻이오?"

"뭐?"

못 알아듣고 뚜렛뚜렛해요. 자기가 쓰고도 오래 돼서 다 잊어 버렸거나, 혹시 내가 말을 너무 까다롭게 내기 때문에 섬뻑 대답이 안 나왔거나 그랬겠지요. 그래 다시 조곤조곤 따졌지요.

"아저씨…… 경제란 것은 돈 모아서 부자 되라는 것 아니오? 그런데, 사회주의란 것은 모아둔 부자 사람의 돈을 뺏어 쓰는 것 아니오?"

"이 애가 시방!"

"아―니, 들어 보세요."

"너, 그런 경제학, 그런 사회주의 어디서 배웠니?"

"배우나마나, 경제란 건 돈 많이 벌어서 애껴 쓰구 나머지 모아 두는 게 경제 아니오?"

"그건 보통, 경제 한다는 뜻으루 쓰는 경제고, 경제학이니 경제적이니 하는 건 또 다르다."

"다를 게 무어요? 경제는 돈 모으는 것이고, 그러니까 경제학이면 돈 모으는 학문이지요."

"아니란다. 혹시 이재학(理財學)이라면 돈 모으는 학문이라고 해도 근리[49]할지 모르지만 경제학은 그런 게 아니란다."

"아―니, 그렇다면 아저씨 대학교 잘못 다녔소. 경제 못하는 경제학 공부를 5년이니 했으니 그게 무어란 말이오? 아저씨가 대학교까지 다니면서 경제 공부를 하구두 왜 돈을 못 모으나 했더니, 인제 보니깐 공부를 잘못해서 그랬군요!"

"공부를 잘못했다? 허허, 그랬을는지도 모르겠다. 옳다, 네 말이 옳아!"

이거 봐요 글쎄. 단박 꼼짝 못하잖나. 암만 대학교를 다니고, 속에는 육조를 배포했어도 그렇다니깐 글쎄……

"아저씨?"

"왜 그러니?"

"그러면 아저씨는 대학교를 다니면서 돈 모아 부자 되는 경제 공부를 한 게 아니라 모아 둔 부자 사람네 돈 뺏어 쓰는 사회주의 공부를 했으니 말이지요……"

"너는 사회주의가 무얼루 알구서 그러냐?"

"내가 그까짓 걸 몰라요?"

한바탕 주욱 설명을 했지요.

내 얼굴만 물끄러미 올려다보고 누웠더니 피쓱 한번 웃어요. 그러고는 그 양반이 하는 소리겠다요.

"그게 사회주의냐? 부랑당이지."

"아-니, 그럼 아저씨두 사회주의가 부랑당인 줄은 아시는구려?"

"내가 언제 사회주의가 부랑당이랬니?"

"방금 그리잖었어요?"

"글쎄, 그건 사회주의가 아니라 부랑당이란 그 말이다."

"거 보시우! 사회주의란 것은 그렇게 날부랑당이어요. 아저씨두 그렇다구 하면서 아니래시요?"

"이 애가 시방 입심 겨룸을 하재나!"

이거 봐요. 또 꼼짝 못하지요? 다아 이래요 글쎄…….

"아저씨?"

"왜 그러니?"

"아저씨두 맘 달리 잡수시오."

"건 어떻게 하는 말이냐?"

"걱정 안 되시우?"

"날 같은 사람이 걱정이 무슨 걱정이냐? 나는 네가 걱정이더라."

"나는 뭐 버젓하게 요량이 있는걸요."

"어떻게?"

"이만저만한가요!"

또 한바탕 주욱 설명을 했지요. 이야기를 다 듣더니 그 양반 한다는 소리 좀 보아요.

"너두 딱한 사람이다!"

"왜요?"

"……"

"아―니, 어째서 딱하다구 그러시우?"

"……"

"네? 아저씨?"

"……"

"아저씨?"

"왜 그래?"

"내가 딱하다구 그러셨지요?"

"아니다, 나 혼자 한 말이다."

"그래두……."

"이 애?"

"네?"

"사람이란 것은 누구를 물론허구 말이다, 아첨하는 것같이 더러운 게 없느니라."

"아첨이오?"

"저- 위로는 제왕, 밑으로는 걸인, 그 모든 사람이 위선 시방이 제도의 이 세상에서 말이다, 제가끔 제 분수대루 살아가는 데 있어서 말이다, 제 개성을 속여 가면서꺼정 생활에다가 아첨하는 것같이 더러운 것이 없고, 그런 사람같이 가련한 사람은 없느니라. 사람이란 건 밥 두 그릇이 하필 밥 한 그릇보다 더 배가 부른 건 아니니까."

"그건 무슨 뜻인데요?"

"네가 일본인 여자와 결혼을 해서 성명까지 갈고 모든 생활 법도를 일본화하겠다는 것이 말이다."

"네, 그게 좋잖어요?"

"그것이 말이다, 진실로 깊은 교양이나 어진 지혜의 판단에서 우러나온 것이라면 그도 모를 노릇이겠지. 그렇지만 나는 보매, 네가 그런다는 것은 다른 뜻으로 그러는 것 같다."

"다른 뜻이라니요?"

"네 주인의 비위를 맞추고, 이웃의 비위를 맞추고 하자고……."

"그야 물론이지요! 다이쇼의 신용을 받어야 하고, 이웃 내지인들하구도 좋게 지내야지요. 그래야 할 게 아니겠어요?"

"……"

"아저씨는 아직두 세상 물정을 모르시오. 나이는 나보담 많구 대학교 공부까지 했어도 일찌감치 고생살이를 한 나만큼 세상 물정은 모릅니다. 시방이 어느 세상인데 그러시우?"

"이 애?"

"네?"

"네가 방금 세상 물정이랬지?"

"네."

"앞길이 환하니 트였다구 그랬지?"

"네."

"환갑까지 10만 원 모은다구 그랬지?"

"네."

"네가 말하는 세상 물정하구 내가 말하려는 세상 물정하구 내용이 다르기도 하지만, 세상 물정이란 건 그야말로 그리 만만한 게 아니다."

"네?"

"사람이란 것 제아무리 날구 뛰어도 이 세상에 형적 없이 그러나 세차게 주욱 흘러가는 힘, 그게 말하자면 세상 물정이겠는데, 결국 그것의 지배하에서 그것을 따라가지 별수가 없는 거다."

"네?"

"쉽게 말하면 계획이나 기회를 아무리 억지루 만들어 놓아도 결과가 뜻대루는 안 된단 말이다."

"센상, 아저씨누…… 요전 《킹구》라는 잡지에두 보니까, 나폴

레옹이라는 서양 영웅이 그랬답디다. 기회는 제가 만든다구. 그리고 불가능이란 말은 바보의 사전에서나 찾을 글자라구요. 아 자꾸자꾸 계획하구 기회를 만들구 해서 분투 노력해 나가면 이 세상 일 안 되는 일이 어디 있나요? 한번 실패하거든 갑절 용기를 내가지구 다시 일어서지요. 칠전팔기 모르시오?"

"나폴레옹도 세상 물정에 순응할 때는 성공했어도, 그것에 거슬리다가 실패를 했더란다. 너는 칠전팔기해서 성공한 몇 사람만 보았지, 여덟 번 일어섰다가 아홉 번째 가서 영영 쓰러지구는 다시 일지 못한 숱한 사람이 있는 건 모르는구나?"

"그래두 두구 보시우. 나는 천하없어두 성공하구 말 테니…… 아저씨는 그래서 더구나 못써요? 일 해보기두 전에 안 될 줄로 낙심 먼저 하구……."

"하늘은 꼭 올라가 보구래야만 높은 줄 아니?"

원 마지막 가서는 할 소리가 없으니깐 동에도 닿지 않는 비유를 가져다 둘러대는 걸 보아요. 그게 어디 당한 말인구? 안 올라가 보면 뭐 하늘 높은 줄 모를 천하 멍텅구리도 있을까? 그만 해 두려다가 심심하길래 또 말을 시켰지요.

"아저씨?"

"왜 그래?"

"아저씨는 인제 몸 다아 충실해지면 어떡허실려우?"

"무얼?"

"장차……."

"장차?"

"어떡허실 작정이세요?"

"작정이 새삼스럽게 무슨 작정이냐?"

"그럼 아저씨는 아무 작정 없이 살어가시우?"

"없기는?"

"있어요?"

"있잖구?"

"무언데요?"

"그새 지내오던 대루……."

"그러면 저 거시키 무엇이냐 도루 또 그걸……?"

"그렇겠지."

"아저씨?"

"……."

"아저씨?"

"왜 그래?"

"인젠 그만두시우."

"그만두라구?"

"네."

"누가 심심소일루 그러는 줄 아느냐?"

"그렇잖구요?"

"……."

"아저씨?"

"……."

"아저씨?"

"왜 그래?"

"아저씨 올에 몇이지요?"

"서른셋."

"그러니 인제는 그만큼 해두고 맘 잡어서 집안일 할 나이두 아니오?"

"집안일은 해서 무얼 하나?"

"그렇기루 들면 그 짓은 해서 또 무얼 하나요?"

"무얼 하려구 하는 게 아니란다."

"그럼, 아무 희망이나 목적이 없으면서 그래요?"

"목적? 희망?"

"네."

"개인의 목적이나 희망은 문제가 다르니까…… 문제가 안 되니까……."

"원, 그런 법도 있나요?"

"법?"

"그럼요!"

"법이라……!"

"아저씨?"

"……."

"아저씨?"

"왜 그래?"

"아주머니가 고맙잖습디까?"

"고맙지."

"불쌍하지요?"

"불쌍? 그렇지, 불쌍하다면 불쌍한 사람이지!"

"그런 줄은 아시느만?"

"알지."

"알면서 그러시우?"

"고생을 낙으로, 그 쓰라린 맛을 씹고 씹고 하면서 그것에서 단맛을 알아내는 사람도 있느니라. 사람도 있는 게 아니라, 사람마다 무슨 일에고 진정과 정신을 꼬박 거기다가만 쓰면 그렇게 되는 법이니라. 그러니까 그쯤 되면 그때는 고생이 낙이지. 너의 아주머니만 두고 보더래도 고생이 고생이면서 고생이 아니고 고생하는 게 낙이란다."

"그렇다고 아저씨는 그걸 다행히만 여기시우?"

"아—니."

"그러거들랑 아저씨두 아주머니한테 그 은공을 더러는 갚어야 옳을 게 아니오?"

"글쎄, 은공을 모르는 건 아니지만……."

"그러니 인제 병이나 확실히 다아 나신 뒤엘라컨……."

"바뻐서 원……."

글쎄 이 한다는 소리 좀 보지요? 시치미 뚝 따고 누워서 바쁘다는군요!

사람 속 차릴 여망 없어요. 그저 어디로 대나 손톱만큼도 쓸모는 없고 남한데 사폐만 끼치고, 세상에 해독만 끼칠 사람이니, 뭐 하루바삐 죽어야 해요. 죽어야 하고, 또 죽어서 마땅해요. 그런데 글쎄 죽지를 않고 꼼지락꼼지락 도로 살아나니 성화라구는, 내…….

맹 순사

03

맹 순사는 내일 모레가 사십이다. 사람이 나이 사십이 되느라면, 속이 대개는 썩을 대로 썩고, 모나던 성질이 둥그러지고 하여, 감정생활이 누그러지는 것이 보통이었다. 이 나이가 시키는 외에 맹 순사는 타고난 천품이 본시도 유한 인물이었다. 웬만한 일에는 성 같은 것이 나지를 아니하였다.

맹 순사

　　맹 순사가 동양의 대현[1]이라는 맹자님과 어떤 혈통의 관계가 있는지 없는지, 또 우리나라 명재상 맹고불이 맹 정승과는 제 몇 대손이나 되는지, 혹은 아무것도 안 되는지, 그런 것은 상고하여 보지 못하였다.

　　"칼자루 십 년에, 집안 여편네 유똥치마 하나 못해 준 주변에, 혈 말이 무슨 혈 말이우?"
　　증왕의 순사 아낙에 세 가지 특색이 있으니, 가로되 언변 좋은 것, 가로되 건방진 것, 가로되 옷 호사 잘하는 것이라고. 실로 이 계집의 허영으로 인하여, 순사들이 얼마나 더 악착히 '순사질'을 하였음인고. 맹 순사의 아낙 서분이도 미상불[2] 언변 좋고, 똑똑하고(즉 객관적으로 바꾸어 치면 건방지고) 하기로는 좀처럼 남에게 질 생각이 없으나, 오직 옷 호사 한가지만은 어엿이 고개를 들 자신이 와락 없었다. 천하에 순사의 아낙 되어 옷 호사를 못하다니, 유감이 깊을지매. 자못 동정스런 노릇이었다.

그러나, 서분이가 순사의 아낙으로 옷 호사에 자신이 없다는 것이 결단코 서분이 스스로의 무능한 소치거나 과실이거나 한 것은 아니었다. 그 소위 칼자루 십 년에 - 실상은 팔 년이었다 - 팔 년 순사에, 집안 여편네 유똥치마 한 벌도 해주지 못할 지경으로, 남편 맹 순사란 위인이 지지리 주변머리가 없었기 때문이었다.

8 · 15 바로 후에 칼을 풀어놓았고, 그래서 시방은 순사 적이라는 것이 이미 옛말같이 된 터이었지만, 그러니 놓친 찬스를 두고두고, 심하여는 임종하는 자리에까지 내내 미련겨워하기를 마지 아니하는 것이 항용 아녀자의 넓지 못한 속…… 해서 오늘 아침만 하여도 하찮은 일로 시초가 되어, 쫑쫑대고 생동거리고 하던 끝에 필경은 나오는 것이 그 유똥치마의 푸념이요 주변 없음의 공박이요 하였던 것이었었다.

"거, 옷은 그대지 많이씩 장만해 무얼 하는구? 입구 벗을 꺼면 고만 아냐? 난 참, 여자들 그러는 속 모르겠드라."

부드럽고 조용한 말씨다. 이와 정반대로 서분이의 음성은 높고 가시같다.

"입구 벗을 옷이 어딨어? 날 언제 옷 해줬길래, 옷 많이씩이냐는 건구?"

"아니, 해필 임자가 옷이 많다는 게 아니라, 보통 여자들이 말야,"

"넉살두 좋으이. 날 같으믄 입이 꽝우리 구멍이래두 헐 말 없겠네. 바보, 빈충이, 천치."

"못난 남편 싫여?"

"졸 게 어딨어?"

"그럼, 갈릴까?"

"제발 좀."

"허!"

"아주 신물이 나요."

"그러든지, 순살 도루 댕기든지."

"집안 여편네 옷 한 가지 어엿이 못 채려 내놓는 사내가 무슨 사내값에 가는고."

"그러니깐 도루 순사 댕겨서, 유똥치마두 해주구, 깜장 낙타 두루마기두 해주구 양단저구리두 해주구, 백금시계도 사주구⋯⋯."

"그 따위 주변에 순살 두 번 아냐 골백번 댕겨보지. 유똥치마 커녕 거지치마 한감 얻어들이나."

"허허허허. 나물 먹고 물 마시고 팔을 베고 누웠으니, 대장부 살림살이 이만하면 넉넉하고나, 이런 노래 들어보지 못했어?"

"정신 차려요 괘니. 인전 돈두 몇푼 남은 거 없구, 무얼 가지구 살림은 해나가랄 텐구? 낼 모리믄 쌀 남구[3] 들여와야 해요."

"나두 걱정야말루 그 걱정이로세."

그러면서 맹 순사는, 식후에 피워 물었던 담배를 재털이에 비비고는, 출입할 채비를 차리려고 푸스스 일어선다.

흐렸던 하늘이, 부슬부슬 가을비가 내리기 시작한다.

서분이는 올에 스물다섯, 새파란 젊은 색시였다. 열일곱에, 서른 살 난 맹 순사의 후취로 시집을 왔었다. 맹 순사는 그 전해에 상처를 하였었다.

서분이는 그의 호릿하고 가냘픈 외형대로, 성질도 날카로왔다.

이른바 신경질이요 요망스런 부류의 여자였다.

성질은 그러한데다 겸하여 나이 많은 남편의 황차[4] 후취요 하니, 응석을 삼아서도 남편한테 포달[5]을 떨고, 볶아대고, 버르장머리 없이 굴고 하염즉은 한 노릇이었다. 맹 순사는 그것을 잘 받아주고. 맹 순사는 나이 서른여덟이었다. 열세 살이나 어린 아낙이 딸자식 같아서 더욱 귀여웠다. 자식이고 계집이고 간에 귀여우면, 흉이 흉이 아니요, 흉도 이쁜 법이었다.

맹 순사는 내일 모레가 사십이다. 사람이 나이 사십이 되느라면, 속이 대개는 썩을 대로 썩고, 모나던 성질이 둥그러지고 하여, 감정생활이 누그러지는 것이 보통이었다. 이 나이가 시키는 외에 맹 순사는 타고난 천품이 본시도 유한 인물이었다. 웬만한 일에는 성 같은 것이 나지를 아니하였다. 남에게다 나의 의견이나 고집을 굳이 세우러 들 줄을 몰랐다. 그러고 싶지도 않고 그

래지지도 않거니와, 그럴 필요를 느끼지도 아니하였다. 그렇기 때문에 남과 시비와 갈등 같은 것이 생기는 일이 드물었다. 좋게 말하면 원만이요, 사실대로 말하면 반편스럽고 지조없고 무능이요 하였다.

아뭏든 그런 성질의 그런 남편이고 보매, 아낙이 아무리 포달을 떨고 볶아대고 구박을 하고 하여도, 좀처럼 맞서서 언성을 높여 탄하고[6] 싸우고 하는 법이 없었다. 아낙은 기를 쓰고 싸우자고 대들어도, 시종여일하게 한 목소리 한 낯으로 순순히 대껄[7]을 하고 할 따름이었다.

"좌우간, 내가 그만침이나 청백했기망정이지, 다른 동간들 당했단 소리 들었지? 누구는 맞아죽구, 누구는 집에다 불을 지르구, 누구는 팔대리가 부러지구."

푸스스 일어서다가, 비 오는 뜰을 이윽히 내어다보면서, 맹 순사는 곰곰이 그렇게 아낙을 타이르듯 한다. 서분이에게는, 그러나 그런 소리가 다 말 같지도 아니한 소리요 억지엣 발명이었다.

"흥, 가네모도상은 그렇게 들이 긁어먹구두, 되려 승찰[8] 해서 부장이 된 건 어떡허구?"

"며칠 가나."

"그렇게만 생각허든 뱃속은 무척 편하겠수. 여주루 내려갔든 기노시다상넨, 이살 해오는데, 재봉틀이 인장표루다 손틀 발틀 두 개에, 방안짐이 여덟 개에, 옷이 옥상옷만 도랑꾸[9]루 열다섯 도랑꾸드래요. 그리구두 서울루 삐젓이 와서 기계방아 사놓구 돈벌이만 잘 허믄서, 활개 펴고 삽디다. 죽길 어째 죽으며, 팔대리가 부러질 팔대린 어딨어?"

"그런 게 글쎄 다 불한당질루 장만한 거 아냐?"

"뱃속에서 꼬록 소리가 나두, 만날 청백야?"

"아무렴, 사람이 청백하면, 가난해두 두려울 게 없는 법야, 헴."

맹 순사는 마침내 양복장 문을 연다. 연방 청백을 뇌던 끝에, 이 양복장을 보자니 얼굴이 간지러웠다. 유치장 간수로 있을 때에, 가구장수 하나가 경제범으로 들어와 있었는데, 서분이가 쪽지 한 장을 그에게다 주어달라고 졸랐다. 못 이기는 체하고 전해 주었다. 그런지 이틀 만에 이 양복장이 방 웃목에 가 처억 놓여진 것을 보았으나, 그는 내력을 물으려고 아니하였다.

양복점 안에서 떼어 입은 대마직 국민복은 양복장보다도 조금 더 청백 순사를 얼굴 간지럽게 하였다.

작년 초가을, 좋지 못한 풍문이 들리는 파출소 건너편의 양복점에서 마추어 입은 것이었다. 공정가격 32원 각순데, 양복을 찾아들고는, 지갑을 꺼내는 체하면서

"얼마죠?"

하고 물었다. 지갑에는 돈이라야 3원밖에 없었다.

양복점 주인은, 온 천만에 말씀을 다 하신다면서, 어서 가시라고 등을 밀어 내었다.

이 양복장이나 양복은 한 예에 불과하고, 팔 년 동안 순사를 다니면서, 그중에서도 통제경제가 강화된 이삼 년, 육십 몇원이라는 월급으로는 도저히 지탱해 나갈 수 없는 생활을 뇌물 받는 것으로써 보태어 나왔다. 몇십 원씩, 돈 100원씩 쥐어주는 것을, 사양하다가 못이기는 체 받아넣기 얼말는지 모른다. 자청해 주

는 것을 따담기만 한 것이 아니라, 아쉴 때면 그럴싸한 사람을 찾아가서

"수히 갚을 테니 100원만……."

하고 가져다 쓰기도 여러 번이었다.

술대접을 받기는 실로 부지기수였다. 쌀, 나무, 고기, 생선, 술 모두 다 그립지는 아니할 만큼 들어도 오고, 청해다 먹기도 하고 하였다. 못해 주었네 못해 주었네 하여도, 아낙의 옷감도 여러 번 얻어다 준 것이었었다. 공교로이 그 유똥치마만은 기회가 없고서 8·15가 덜컥 달려들고 말았지만.

이렇게 그는 작은 것이나마 뇌물을 먹지 아니한 것이 아니면 서도, 스스로 청백하였노라고 팔분의 자신이 있었다. 맹 순사의 생각엔 양복벌이나 빼앗아 입고, 돈이나 몇십 원, 돈 100원 받아 쓰고, 쌀 나무며 찬거리나 조금씩 얻어먹고, 술대접이나 받고 하 는 것은 아무나 예사로 하는 일이요, 하여도 죄 될 것이 없고, 따 라서 독직이 되거나 죄가 되는 것이 아니었다. 그것이 적어도 독 직이나 죄가 되자면, 몇 만 원 집어먹고서 소위 팔자를 고친다는 둥, 허리띠를 푼다는 둥의 수준에 올라야 비로소 문제가 되는 것 이었다. 맹 순사는 몇만 원은커녕, 한 번에 100원 이상을 얻어 먹어 본 적이 없었다. 그런 고로 맹 순사는 스스로 청백타 하던 것이었다.

주위의 동간들은 가만히 눈치를 보면, 열에 아홉은 들뭇들뭇 한 한몫을 보고 늘어져 만 원짜리 집을 사느니, 50석 추수의 땅 을 양주에다 사놓았느니, 상사회사를 꾸며가지고 대주주가 되어 사직하고 나가느니 하였다. 맹 순사는, 나도 제발 그런 거리가

하나 걸렸으면…… 하다못해 집 한 채 살 거리라도 좀 걸렸으면…… 하고 초조와 더불어 연방 그런 구멍을 여새겨 보았었다. 그러나 어인 일인지, 한번도 걸리는 적이 없었다. 그래서 끝내야 쓰레기판만 뒤지다가, 소위 청백한 채로 칼을 풀어놓고 말았다.

큰 덩치를 먹을 욕심과 기대가 있기는 하였으나, 그 의사는 문제가 아니었다.

아뭏든지 큰 것을 먹지 아니하였으니, 따라서 부자가 되지를 아니하였으니, 나는 청백하였노라, 이것이 맹 순사의 청백관이었다.

부슬비를 우산으로 가리면서, 맹 순사는 군정청 경찰학교로 향하였다. 품에는 진작부터 써가지고 다니던 지원서와 이력서가 들어 있었다.

8·15 직후, 줄곧 누가 몽둥이로 후려갈기는 것만 같아서, 으슥한 골목을 지나느라면 시퍼런 단도가 옆구리를 푹 찌르는 것만 같아서, 예라 사람 감수하겠다고 칼을 풀어놓기는 하였었다. 그러나 그것이나마 직업을 잃고 나니, 하루하루 다가든다는 것이 반갑지 아니한 생활난이었다. 아까 아낙이 하던 말이 아니라도, 수중에 돈냥 있는 것은 거진 밑바닥이 보이고, 비로소 쌀 나무 들일 길이 막연할 판에 이르렀다.

세상은 돈도 흔하고, 일거리도 많고, 퍽이나 풍성풍성한 것 같았다. 그러나 순사밖에 다닐 줄 모르는 전 순사 맹 아무에게는 그리 수월이 딴 직업이 천신[10]되어지지를 아니하였다.

'배운 도적질이 그뿐이니 무가내하로다. 쯧, 세상도 새 세상이니, 설마 어떠리.'

마침내 이렇게 단념 같은 결심을 하기에 이르렀던 것이었었다.

모자도 정복도 패검도 다 옛것이요, 완장 한 벌로써, 해방조선의 새 순사가 된 맹 순사는 ××파출소로 가기 위하여 종로를 동쪽으로 걸었다. 팔 년이나 다닌 경험자라서, 그 경험을 증명할 만한 몇 마디 테스트를 하더니, 그 당장 채용을 하였고 ××경찰서로 배속을 시켰다. 그리고 이튿날 출근을 하였더니, ××파출소에 근무를 하라는 영이어서 시방 그리로 가고 있는 참이었었다.

옛날의 순사와 꼭 같이 차리고 하였건만 맹 순사는 웬일인지 우선 스스로가 위엄도 없고 신도 나는 줄을 모르겠고 하였다. 만나거나 지나치는 행인들의 동정이, 전처럼 조심하는 것 같은, 무서워하는 것 같은 기색이 없고, 그저 본숭만숭이었다. 더러는 다뿍 적의와 경멸의 눈초리로 흘겨보기까지 하였다.

함부로 체포도 아니하고, 위협도 아니하고, 뺨 같은 것은 물론 때리지 못하게 되었고 하니, 전보다 친근스러하고 안심한 얼굴로 대하고 하여야 할 것인데, 대체 웬일인지를 모르겠었다.

걸으면서 곰곰 생각하여 보았다.

"전에 많이들 행악[11]을 했대서?'

정녕 그것인 성싶었다.

'애먼 사람, 불쌍한 사람한테 못할 짓도 많이 했지.'

'쯧. 지금 와서 푸대접 받아도 한무내하지[12].'

'화무십일홍[13]이요, 달도 치면 기우는 법인데, 한때 잘들 해먹

었으니 인제는 그 대갚음도 받아야겠지.'

무엇인지 모를 한숨이 절로 내쉬어졌다.

마침내 ××파출소에 당도하였다. 여기서 맹 순사는, 백성들이 순사를 멸시하는 눈으로 보는 연유를 또 한 가지 발견하여야 하였다.

뚜벅뚜벅 파출소 안으로 들어서는 소리에, 테이블에 엎드려 졸고 있다가 놀라 깨어, 고개를 번쩍 드는 동간…….

맹 순사는 무심결에

"아니, 네가 웬일이냐?"

하면서, 다시금 짯짯이 그를 바라다보았다.

노마.

볼때기에 있는 붉은 점이 아니더라면, 얼굴 같은 딴 사람인가 하였을 것이었다. 행랑아들 노마였다.

맹 순사는 금년 봄, 시방 사는 홍파동으로 이사해 오기까지 여섯 해를 눌러, 사직동 그 집에서 살았다 그. 행랑에 노마네가 전주인때부터 들어 있었고, 왼편 볼때기에 붉은 점이 박힌 노마는 열두 살이었다. 근처의 삼 년짜리 학원을 일 년에 작파하고서, 저무나 새나 우미관 앞에 가 놀다간, 깃대도 받아주고 삐라도 뿌려주고 하는 것이 일이요, 집에 들어와서는 어멈 아범한테 매맞기가 일이요 하였다. 조금 더 자라더니, 우미관패에 들어가지고, 밤거리로 행패를 하고 다녔고, 사람을 치다 붙잡혀간 것을 몇 차례 놓이게 하여주기도 하였다.

노마는 계면쩍은 듯, 그러나 일변 반갑기도 한 듯, 싱글싱글

웃으면서

"이렇게 됐습니다, 나리. 많이 점 가르켜 줍쇼, 나리."

"동간끼리두 나린가, 이 사람."

나이가 시킴이리라. 맹 순사는 내색을 아니하고 소탈히 그러면서 같이 웃었다. 그러나 속으로는

'저런 것이 다 순사니, 수모도 받아 싸지.'

하였다.

무식하여서, 기록 같은 것을 죄다 대신 하여주기가 성가시기는 하였으나, 그 대신 순 같은 것도 제가 다 돌고, 사사 심부름도 시원시원 하여주고 하여서, 옛 노마를 부리는 양 실없이 해롭잖았다.

한 일주일 노마 순사를 하인삼아, 맹 순사는 편안한 영감 노릇을 하였다. 그러자 노마 순사가 다른 파출소로 옮아가고서, 새로 뽑힌 후임자가 오게 되었다.

'대체 누굴꼬?'

노마 때에 겪음이 있는지라, 이런 궁금한 생각을 하면서 신문을 보고 앉았는데, 철그럭하더니

"안녕헙쇼."

하는 소리와 더불어 한 장한이 척 들어섰다.

무심코 고개를 드는 순간 맹 순사는

"억!"

하고 놀라면서, 하마 뒤로 나가자빠질 뻔하였다. 머리가 있는 대로 곤두서는 것 같고, 등에서는 식은땀이 흘렀다.

새 동간은 맹 순사를 더 잘 알아보았다. 그는 그 흉악한 상호[14]

를 싱긋 웃으면서

"외나무대리서 만났구려?"

"……."

"금새 상성을 했나? 얼음판에 자빠진 황소 눈깔처럼, 눈만 끄 머억허구 앉어서…… 남이 인살 하면 대답을 해야 아니해? 적어두 새 조선의 경관으로."

"평안허슈?"

"아뭏든 지질힌 오래 댕기는구려."

강봉세…… 살인강도, 무기징역수 강봉세였다.

재작년 맹 순사가 경찰서에서 ××유치장 간수를 볼 때에, 이 강봉세가 살인강도질을 하고 붙잡혀 들어왔다. 맹 순사는 반 년이나 그를 간수하였다. 그러느라고 아주 숙면이 되었었다.

한번은 이런 일이 있었다.

유치장 안에서 담배를 달라고 야료[15]를 하여서, 낮번을 하던 간수가 점심과 저녁을 굶겼다.

강봉세는 밤번으로 들어온 맹 순사더러 밥을 달라고 졸랐다.

조르다 조르다, 성이 나가지고는 이를 북북 갈면서

"오냐, 두구 보자. 사형을 아니 받구서 무기증역이래두 살다가 요행 다시 세상 구경을 하게만 돼봐라. 네놈의 배때긴 칼루 푹 찌르면 꿰여지지 말란 법 있대드냐?"

하고 저주를 하는 것이었었다.

그러던 살인강도 강봉세였다.

맹 순사는 동간 강봉세가

"봐라 인석아."

하면서 패검을 뽑아 배를 푹 찌르는 것만, 푹 찌르는 것만 같아, 하루종일 간이 콩만하였다. 다시 순사 된 것을 못내 후회하면서, 어서 시간이 되기만 기다렸다. 그 몇 시간이 하마 십 년 감수는 되는 것 같았다.

오후에 헐떡거리며 집으로 돌아온 맹 순사는, 정복 정모와 패검을 보따리에 싸놓고 사직원을 썼다.

"그새, 벌써 사직예요?"

아낙 서분이가 구박이었다.

"괘니, 과부 아니 된 것만 천행으루 알아요."

"?······."

"사상범, 정치범만 석방을 하라니깐, 살인강도꺼정 말끔 다 풀어놨으니, 그놈들이 그래 심청이 그래야 옳담? 심청머리가 그리구서야 전쟁에 아니 져?"

"살인강도가 났어요."

"난 게 아니라, 들어왔드라우."

"뉘 집엘?"

"파출소루······ 칼 차구, 정복 정모 잡숫구."

"에구머니! 가짜 순사 말이죠?"

"흥, 뻐젓이 사령장꺼정 받은 진짜 순사드랍니다요. 당당헌 경찰학교 졸업생이시구."

"절 으쩌우? 그럼 인전 순사헌테두 맘 못 놓겠구료?"

"허기야 예전 순사라는 게 살인강도허구 다를 게 있었나! 남의 재물 강제루 뺏어먹구, 생사람 죽이구 하긴 매일반였지."

미스터 방

04

미스터 방은 술이 거나하여 감을 따라, 그러지 않아도 이즈음 의기 자못 양양한 참인데 거기다 술까지 들어간 판이고 보니, 가뜩이나 기운이 불끈불끈 솟고 하늘이 바로 돈짝만한 것 같은 모양이었다.

미스터 방

　주인과 나그네가 한가지로 술이 거나하니 취하였다. 주인은 미스터 방(方), 나그네는 주인의 고향 사람 백(白) 주사.

　주인 미스터 방은 술이 거나하여 감을 따라, 그러지 않아도 이즈음 의기 자못 양양한 참인데 거기다 술까지 들어간 판이고 보니, 가뜩이나 기운이 불끈불끈 솟고 하늘이 바로 돈짝만한 것[1] 같은 모양이었다.

　"내 참, 뭐, 흰말이 아니라 참, 거칠 것 없어, 거칠 것. 흥, 어느 눔이 아, 어느 눔이 날 뭐라구 허며, 날 괄시[2]헐 눔이 어딨어, 지끔 이 천지에. 흥 참, 어림없지, 어림없어."

누가 옆에서 저를 무어라고를 하며 괄시를 한단 말인지, 공연히 연방 그 툭 나온 눈방울을 부리부리, 왼편으로 삼십 도는 넉넉 삐뚤어진 코를 벌씸벌씸 해가면서 그래 쌓는 것이었었다.

"내 참, 이래뵈두, 응, 동양 삼국 물 다 먹어 본 방삼복이우. 청얼(淸語) 뭇 허나, 일얼 뭇 허나, 영어야 뭐 말할 것두 없구……."

하다가, 생각난 듯이 맥주컵을 들어 벌컥벌컥 단숨에 다 마신다. 그리고는 시꺼먼 손등으로 입술을 쓱, 손가락으로 김치 쪽을 늘름 한 점, 그러던 버릇이, 미스터 방이요, 신사요, 방 선생으로도 불리어지는 시방도, 무심중3) 절로 나와, 손등으로 입술의 맥주 거품을 쓱 씻고, 손가락으로 나조기 한 점을 집어다 우둑우둑 씹는다.

"술은 참, 맥주가 술입넨다……."

어느 놈이 만일 무어라고 시비를 하거나 괄시를 한다면 당장 그 나조기를 씹듯이 우둑우둑 잡아 씹기라도 할 듯이 괄괄하던 결기4)가, 그러다 별안간 어디로 가고서 이번엔 맥주 추앙이 나오던 것이다.

"술두 미국 사람네가 문명했죠. 죄선 사람은 안직두 멀었어."

"멀구말구. 아직두 멀었지."

쥐 상호의 대추씨만 한 얼굴에 앙상한 노랑 수염 백 주사가, 병을 들어 주인의 빈 컵에다 따르면서 그렇게 맞장구를 쳐 보비위5)를 한다.

"아, 백 상두 좀 드슈."

"난 과해."

"괜히 그리셔. 백 상 주량을 다아 아는데. 만난 진 오랐어두."

"다아 젊었을 적 말이지, 지금은……."

"올에 참 몇이시지?"

"갑술생 마흔여덟 아닌가!"

"그럼 나버담 열한 살 위시군. 그래두 백 상은 안 늙으신 심야. 허허허허."

"안 늙는 게 다 무언가. 머리 신 걸 보게!"

"건 조백[6]이시지."

백 주사는 흔연히 수작을 하면서 내색은 아니하나, 어심[7]엔 미스터 방이 괘씸하기 짝이 없었다.

향리의 예법으로, 십 년 장이면 절하고 뵈어야 한다. 무릎 꿇고 앉아야 하고, 말은 깍듯이 공대를 해야 한다. 그 앞에서 주초(酒草)[8]가 당치 않고, 막부득이한 경우면 모로 앉아 잔을 마셔야 한다. 그런 것을, 마치 제 연갑 친구나 타관 나그네게나 하는 것처럼, 백 상이니, 술 드슈, 조백이시지 하고 말버릇이 고약해, 발 개키고 앉아서 정면하고 술을 먹어, 담배 뻐끔뻐끔 피워, 이런 괘씸할 도리가 없었다.

또 나이도 나이려니와, 문벌[9]이나 지체[10]를 가지고 논한다면, 이건 도저히 용서할 수 없는 일이었다.

이래 보여도 나는 삼대조가 진사를 하였고(그 첩지가 시방도 버젓이 있다) 오대조가 호조판서를 지냈고(족보에 그렇게 분명히 올라 있다) 칠대조가 영의정을 지냈고(역시 족보에 그렇게 분

명히 올라 있다) 이런 명문거족의 집안이었다. 또 내 십이 촌이
××군수요, 그 십이 촌의 아들이 만주국 ××현 ××촌 촌장이요
하였다. 또 그리고, 시방은 원수의 독립인지 막덕인지 때문에 다
그렇게 되었다지만, 아무튼 두 달 전까지도 어느 놈 그 앞에서
기침 한번 크게 못 하던 백부장 – 훈팔(八)등에 ××경찰서 경제
계 주임이던 백부장의 어르신네 이 백 주사가 아닌가. 두 달 전
그때만 같았어도,

'이놈!'

하고 호통을 하여 당장 물고를 내련만, 그 좋은 세상이 어디로
가고 이 지경이란 말인지 몰랐다.

하여튼 그만치나 혼란스런 백 주사에다 대면 미스터 방의 근
지[11]야 아주 보잘 것이 없었다.

미스터 방의 증조가 타관[12]에서 떠들어온 명색 없는 사람이었
다. 그 조부가 고을의 아전[13]을 다녔다. 그 아비가 짚신장수였
다. 칠십에, 고로롱고로롱, 아직도 살아 있지만, 시방도 짚신 곱
게 삼기로 고을에서 첫째가는 방 첨지가 바로 그였다. 그리고 이
방삼복이는…….

먹고 자고 꿍꿍 일하고, 자식새끼 만들고 할 줄밖에는 모르는
상일꾼(농부)였다. 그러나마 삼십을 바라보도록 남의 집 머슴
살이로, 이집 저집 살고 다니는 코삐뚤이 삼복이었다. 물론 낫
놓고 기역자도 못 그리는 판무식[14]이었다.

상일꾼일 바엔 남의 세토(貰土. 소작) 마지기라도 얻어 제 농
사를 짓는 것이 아니라, 삼십을 바라보도록 남의 집 머슴살이만
하고 다니던 코삐뚤이 삼복이가 하루아침 무슨 생각이 났던지,

돈벌이를 간답시고, 조석이 간데없는 부모에게다 처자식 떠맡기고는 훌쩍 일본으로 떠나 버렸다. 그것이 열두 해 전.

떠난 지 칠팔 년을 별반 신통한 벌이도 못하는지, 돈 한푼 보내는 싹도 없더니, 하루는 느닷없이 중국 상해에 와 있노라 기별이 전해져 왔다. 그리고는 감감 소식이 없다가, 삼 년 만에 푸뜩 고향엘 돌아왔다. 십여 년을, 저의 말따나 동양 삼국 물 골고루 먹고 다녔으면서, 별로이 때가 벗은 것도 없어 보이고, 행색은 해어진 양복 누더기에 볼 꿰어진 구두짝을 꿰고 들어서는 모양이, 군데군데 김질은 하였으나 빨아 다린 무명 고의적삼을 입고 고향을 떠날 적보다 차라리 초라한 것 같았다.

늙은 어미 아비와, 젊은 가속¹⁵⁾이 뼈품으로 버는 것을 얻어먹으며 굶으며 하면서 한 일 년 빈둥거리고 놀더니, 적이 회심이 들었는지, 이번엔 처자식 데리고 서울로 올라왔다.

서울로 올라와서는 현저동 비탈의 다 찌부러진 행랑방을 얻어 살면서, 처음 일 년은 용산 있는 연합군 포로수용소엘 다니며 입에 풀칠을 하였고 - 이 동안 그는 상해에서 귀로 익힌 토막영어가 조금 더 진보되었고.

다시 일 년이나는, 그것 역시 상해에서 익힌 것을 밑천 삼아 구두 직공으로 구둣방엘 다니며 그럭저럭 살았고. 그러다 일본이 싸움에 지느라고, 구두를 너무 해트려¹⁶⁾ 가죽이 동이 나서, 구둣방이 너나없이 문을 닫는 바람에, 할 수 없이 이번엔 궤짝 한 개 짊어지고 신기료장수¹⁷⁾로 나서고 말았다.

골목골목 돌아다니며, 혹은 종로 복판의 행길에 가 앉아 신기료장수를 하자니, 자연 서울 온 고향 사람의 눈에 종종 뜨일 밖에. 소식이 고향에 퍼지자, 누구 한 사람 칭찬은 없고 저마다 빈정거리는 소리뿐이었다.

"일본으로, 청국으로, 십여 년 타국 바람 쏘이고 온 놈이 겨우 고거야?"

"부전자전이로구먼. 아범은 짚신장수, 자식은 구두 깁는 장수."

"아마 신발 명당에다 무덤을 썼든감."

이렇듯, 근지는 미천하고, 속에 든 것 없고, 가랑이가 찢어지게 가난하고, 생화(生貨)라는 것이 고작 거리에 앉아 오는 사람 가는 사람 해어지고 고린내 나는 구두짝 꿰매어 주고 징 박아 주고 닦아 주고 하는 천업이고 하던, 그 코삐뚤이 삼복이었었다.

'흥, 개구리가 올챙이 적을 못 생각한다더니, 발칙한 놈, 고얀 놈.'

백 주사는 생각하자니 속으로 이렇게 분개스럽지 않을 수가 없었다.

그러나 일변으로는, 그러던 코삐뚤이 삼복이가 그야말로 선영이 명당엘 들었단 말인지, 무슨 조화를 지녔단 말인지, 불과 몇 달지간에 이렇게 훌륭히 되고, 부자가 되고, 미스터 방인지 구리다 방인지가 되고 하여 가지고는, 갖은 호강 다 하며 천하에 무설 것이 없고 기광[18]이 나서 막 이러니, 한편 생각하면 신기하기도 하고 부럽기도 하고 또한 안타깝기도 하였다.

'사람의 운수란 참 모를 일이야.'

백 주사는 속으로 절절히 이렇게 탄복도 아니치 못하였다.

코삐뚤이 삼복의 이 눈부신 발신을, 그러나 백 주사가 희한히 여기는 것처럼 무슨 명당 바람이 났다거나 조화를 지녔다거나 그런 신기한 곡절이 있는 바가 아니요, 지극히 간단하고도 수월한 것이었다. 다못(다만) 몸에 지닌 재주 가운데 총기가 좀 좋아서 일찍이 영어 마디나 익힌 것을 잊어버리지 아니하였다는, 일종의 특수조건이 없던 바는 아니지만.

1945년 8월 15일, 역사적인 날.
이날도 신기료장수 방삼복은 종로의 공원 건너편 응달에 앉아서, 구두 징을 박으면서, 해방의 날을 맞이하였다. 그러나 삼복은 감격한 줄도 기쁜 줄도 모르겠었다. 지나가는 행인이, 서로 모르던 사람끼리면서 덤쑥 서로 껴안고 기뻐하고 눈물을 흘리고 하는 것이, 삼복은 속을 모르겠고 차라리 쑥스러 보일 따름이었다. 몰려 닫는 군중이 오히려 성가시고, 만세 소리가 귀가 아파 이맛살이 지푸려질 지경이었다.
몰려다니고 만세를 부르고 하기에 미쳐 날뛰느라고 정신이 없어, 손님이 없어, 손님이 부쩍 줄었다.
"우라질! 독립이 배부른가?"
이렇게 그는 두런거리면서 반감이 솟았다.
이삼일 지나면서부터야 삼복에게도 삼복에게다운 해방의 혜택이 나누어졌다.
십 전이나 십오 전에 박아 주던 징을, 오십 전을 받아도 눈을 부라리는 순사를 볼 수가 없었다. 순사가 없어졌다면야, 활개를 쳐가면서 무슨 짓을 하여도 상관이 없고 무서울 것이 없던 것이었다.

"옳아, 그렇다면 독립도 할 만한 건가 보다."

삼복은 징 열 개를 박아 주고 오 원을 받아 넣으면서 이렇게 속으로 중얼거리기까지 하였다.

그러나 며칠이 못 가서 삼복은 다시금 해방을 저주하여야 하였다. 삼복이 저 혼자만 돈을 더 받으며, 더 받아 상관이 없는 것이 아니라, 첫째 도가(都家)들이 제 맘대로 재료값을 올리던 것이었었다. 징, 가죽, 고무, 실 모두가 오 곱 십 곱 비싸졌다. 그러니 신기료장수는 손님한테 아무리 비싸게 받는댔자 재료를 비싼 값으로 사야 하니, 결국 도가만 살찌울 뿐이지 소득은 전과 크게 다를 것이 없었다.

"이런 옘병헐! 그눔에 경제겐 다 어디루 가 뒈졌어. 독립은 우라진다구 독립을 헌담."

석양 때 신기료궤짝 어깨에 멘 채 홧김에 막걸리청으로 들어가, 서너 사발 들이켜고는 그는 이렇게 게걸거렸다.[19]

그럭저럭 구월도 열흘이 되고, 서울거리에는 미국 병정이 꼬마차와 함께 그득히 퍼졌다.

그 미국 병정들이, 거리를 구경하면서 혹은 물건을 사려면서, 말이 서로 통하지를 못하여 답답해하는 양을 보고 삼복은 무릎을 탁 쳤다.

그러나 슬플진저, 땟국과 땀에 찌든 이 누더기를 걸치고는 가망이 없을 말이었다.

'무슨 도리가 없을까?'

반일을 궁리를 하다가 정오 때에야 한 줄기 서광을 얻었다.

총총히 집으로 돌아가, 마누라를 시켜 구두 고지는 언상 일습과 재료 남은 것에다 이불이며 헌옷가지 해서 한 짐을 동네 아는 가게에다 맡기고는 한 달 기한으로 돈 백 원을 서푼 변으로 취해 오게 하였다.

그 돈 백 원을 가지고 삼복은 흔한 넝마전으로 가서 백 원 돈이 꼭 차는 한도까지에 양복이란 명색 한 벌과 모자를 샀다. 신발은 부득이 안방 사람의 병정구두 사 신은 것을 이다음 창갈이 거저 해주겠다는 조건으로, 닷새만 제 것과 바꾸어 신기로 하였다.

이튿날 아침 느지감치[20], 새로 장만한 헌 양복 헌 모자에 헌 구두로써 궤짝 멘 신기료장수보다는 제법 말쑥하여진 차림을 차리고 마악 나서려는데, 간밤부터 통통 부어 가지고는 시중도 말대꾸도 잘 아니 하던 애꾸쟁이 마누라가 와락 양복 뒷자락을 움켜쥐고 늘어진다.

"바른대루 대요."

"이게 별안간 미쳤나?"

"요 망난아, 반해 가지군 이력허구 찾아가는 고년이 어떤 년야? 응?"

"속을 모르거든 밥값을 내지 말랬어, 요 맹추야."

"날 죽이구 가지, 거전 못 가."

"이년아, 너 이랬단, 내 인제 둔 벌문, 증말 첩 얻는다."

"오냐 잘한다. 날 죽여라, 날⋯⋯."

"아, 이 우라 주리땔 앵길 년이⋯⋯."

한주먹 보기 좋게 갈겨 넘어뜨리고는, 찌부러진 오두막집을 나서 종로로 향을 잡았다.

노예도 노예 이전이면 상전을 선택할 자유를 가지는 수도 있다고.

삼복은 종로서 전차를 내려 동쪽으로 천천히 걸으면서 물색을 하였다. 생김새가 맘씨 좋아 보이고, 여느 병정이 아니라 장교쯤 가는 이라야 할 것이었다.

청년회관 앞에서 담뱃대를 사고 있는 하나가, 몸집이 부대하고[21], 여느 병정은 아닌 듯하고, 얼굴이 사뭇 선량하여 보이는 게 선뜻 마음에 들었다. 구경하는 체하고 넌지시 그 옆으로 가 섰다.

미국 장교는 담뱃대를 집어 들고 기물스러하면서 연방 들여다보다가 값이 얼마냐고,

"하우 머치? 하우 머치?"

하고 묻는다.

담뱃대장수 영감은, 삼십 원이라고 소래기[22]만 지른다.

알아들을 턱이 없어 고개를 깨웃거리면서 다시금 하우 머치만 찾는 것을, 기회 좋을씨고라고, 삼복이가 나직이,

"더티 원."

하여 주었다.

휙 돌려다보더니,

"오, 캔 유 스피크?"

하면서 사뭇 그러안을 듯이 반가워하는 양이라니. 아스러지도록 손을 잡고 흔드는 데는 질색할 뻔하였다.

직업이 있느냐고 물었다. 방금 실직하였노라고 대답하였다.

그럼, 내 통역이 되어 주겠느냐고 물었다. 그러겠노라고 대답

하였다.

이 자리에서 신기료장수 코삐뚤이 삼복이 미스터 방으로 승차를 하여, S라는 미국 주둔군 소위의 통역이 되었다. 주급 십오 불 (이백사십 원) 가량의.

거진 매일같이 미스터 방은 S소위를, 낮에는 거리의 구경으로, 밤이면 계집 있는 술집으로 인도하였다.

한번은 탑골공원의 사리탑을 구경하면서, 얼마나 오랜 것이냐고 S소위가 물었다. 미스터 방은 언젠가, 수천 년 된 것이란 말을 들었기 때문에, 투사우전드 이얼스라고 대답하였다.

또 한 번은, 경회루를 구경하면서 무엇 하던 건물이냐고 물었다. 미스터 방은 서슴지 않고,

"킹 드링크 와인 앤드 댄스 앤드 싱, 위드 댄서."

라고 대답하였다. 임금이 기생 데리고 술 마시고, 춤추고 노래 부르고 하던 집이란 뜻이었었다.

내가 보기엔, 조선 여자의 옷이 퍽 아름답고 점잖스럽던데, 어째서 양장들을 하는지 모르겠다고 S소위가 물었다. 미스터 방은, 여자들이 서양 사람한테로 시집을 가고파서 그런다고 대답하였다.

서울역을 비롯하여 거리에 분뇨가 범람한 것을 보고, 혹시 조선 가옥에는 변소가 없느냐고 S소위가 물었다. 미스터 방은, 있기야 집집마다 다 있느니라고 대답하였다.

썩 좋은 조선 그림을 한 장 사고 싶다고 하여서, 문지방 위에다 흔히들 붙이는, 사슴이 불로초를 물고 신선이 앉았고 한 것을 오 원에 한 장 사주었다

제일 재미있고 유명한 소설이 무엇이냐고 물어서, 〈추월색〉
이라고 대답하였고, 그럼 그것을 한 권 사고 싶다고 하여서, 여
러 날 사러 다니다 못해 동네 노마네 집에 치를 이 원에 사주었
다. 이 밖에도 미스터 방은 S소위에게 조선을 소개한 공로가 여
러 가지로 많으나, 대강은 그러하였다.

　그 공로에 정비례해서, 미스터 방은 나날이 훌륭하여져 갔다.
8·15 이전에 어떤 은행의 중역의 사택이라던 지금의 이 집으
로, 현저동 그 집에서 옮아오기는 S소위의 통역이 되는 사흘 후
였었다. 위아래층을 다, 양식 절반 일본식 절반으로 꾸민 호화스
런 저택이었다. 정원엔 때마침 단풍과 가을 화초가 아름다웠고,
연못에선 잉어가 뛰놀고 하였다.

　시방 주객이 앉아 술을 마시는 방은, 앞은 노대[23]가 딸리고,
햇볕 잘 들고 밝아서, 여러 방 가운데 제일 좋은 방이었다. 그러
나 방 안에는 벽에 그림 한 장 붙어 있는 바 아니요, 방에 알맞은
가구 한 벌 놓여 있는 바 아니요, 단지 방일 따름이어서, 싱겁게
넓기만 하였다. 그렇지만 미스터 방은 실내의 장식 같은 것쯤 그
다지 관심할 줄을 아직은 몰랐다.

　처음엔 식모를 두었다. 그 다음엔 침모를 두었다. 그 다음엔
손심부름할 계집아이를 두었다.

　하루에도 방 선생을 찾는 이가 여러 패씩 있었다. 그들의 대개
는 자동차를 타고 오고, 인력거짜리도 흔치 않았다. 그렇게 찾아
오는 그들은 결단코 빈손으로 오는 법이 드물었다. 좋은 양과자
상자 밑바닥에는 으레 따로이 뿌듯한 봉투가 들었곤 하였다.

　미스터 방의, 신기료장수 코뻬뚤이 삼복이로부터의 발신 경로

란 이렇듯 심히 간단하고 순조로운 것이었었다.

주인 미스터 방이 백 주사의 컵에다 술을 따르려고 병을 집어 들다가,

"오이, 기미코."

하고 아래층으로 대고 부른다.

"심부럼 갔어요."

애꾸쟁이 마누라의 꼬챙이 같은 대답.

"안주 어떻게 됐어?"

"글쎄, 안주 시키러 갔어요."

"증종 있지?"

"……."

층계 밟는 소리가 나더니, 퍼머넌트한 머리가 나오고, 좁디좁은 이마에 이어서 애꾸눈이 나오고, 분 바른 얼굴이 나오고, 원피스 입은 커다란 젖통의 가슴이 나오고, 마지막 비단 양말 신은 두리기둥 같은 두 다리가 나오고 한다.

"서 주사가 이거 두구 갑디다."

들고 올라온 각봉투 한 장을 남편에게 건네어 준다.

"어디?"

그러면서 받아 봉을 뜯는다. 소절수[24] 한 장이 나온다. 액면 만 원 짜리다.

미스터 방은 성을 벌컥 내면서,

"겨우 둔 만 원야?"

하고 소절수를 다다미 바닥에다 홱 내던진다.

"내가 알우?"

"우랄질 자식, 어디 보자. 그래 전, 걸 십만 원에 불하 맡아다 백만 원 하난 냉겨 먹을 테문서, 그래 겨우 둔 만 원야? 옘병헐 자식, 내가 엠피(MP)헌테 말 한마디문, 전 어느 지경 갈지 모를 줄 모르구서."

"정종으루 가져와요?"

"내 말 한마디에 죽을 눔이 살아나구, 살 눔이 죽구 허는 줄을 모르구서. 홍, 이 자식 경 좀 쳐봐라[25]…… 증종 따근허게 데와. 날두 산산허구 허니."

새로이 안주가 오고, 따끈한 정종으로 술이 몇 잔 더 오락가락 하고 나서였다.

백 주사는 마침내, 진작부터 벼르던 이야기를 꺼내었다.

백 주사의 아들 백선봉은, 순사 임명장을 받아 쥐면서부터 시작하여 8·15 그 전날까지 칠 년 동안, 세 곳 주재소와 두 곳 경찰서를 전근하여 다니면서, 이백 석 추수의 토지와, 만 원짜리 저금통장과, 만 원어치가 넘는 옷이며 비단과, 역시 만 원 어치가 넘는 여편네의 패물과를 장만하였다.

남들은 주린 창자를 졸라맬 때 그의 광에는 옥 같은 정백미가 몇 가마니씩 쌓였고, 반년 일 년을 남들은 구경도 못하는 고기와 생선이 끼니마다 상에 오르지 않는 날이 없었다.

××경찰서의 경제계 주임으로 있던 마지막 이 년 동안은 더욱더 호화판이었었다. 8·15 그날 밤, 군중이 그의 집을 습격하였을 때에 쏟아져 나온 물건이 쌀말고도,

광목 여섯 통

고무신 스물세 켤레

지카다비[26] 여덟 켤레

빨랫비누 세 궤짝

양말 오십 타

정종 열세 병

설탕 한 부대

이렇게 있었더란다. 만 원 어치 여편네의 패물과, 만 원 어치의 옷감이며 비단과 만 원짜리 저금통장은 그만두고 말이었다.

물건 하나 없이 죄다 빼앗기고, 집과 세간은 조각도 못 쓰게 산산 다 부시고, 백선봉은 팔이 부러지고, 첩은 머리가 절반이나 뽑히고, 겨우겨우 목숨만 살아 본집으로 도망해 왔다.

일변 고을에서는 백 주사가 자식이 그런 짓을 해서 산 토지를 가지고 동네 사람한테 거만히 굴고, 작인들한테 팔 할 가까운 도지[27]를 받고, 고리대금을 하고 하였대서, 백선봉이 도망해 와 눕는 그날 밤, 그의 본집인 백 주사의 집을 습격하였다.

집과 세간 죄다 부수고, 백선봉이 보낸 통제배급물자 숱한 것 죄다 빼앗기고, 가족들은 죽을 매를 맞고, 백선봉은 처가로, 백 주사는 서울로 각기 피신하여 목숨만 우선 보전하였다.[28]

백 주사는 비싼 여관밥을 사먹으면서, 울적히 거리를 오락가락, 어떻게 하면 이 분풀이를 할까, 어떻게 하면 빼앗긴 돈과 물건을 도로 다 찾을까 하고 궁리를 하던 것이나, 아무런 묘책도 없었다.

그러지 오늘은 우연히 이 미스터 방을 민났다. 종로를 지향 없이 거니는데, 지나가던 자동차가 스르르 멈추면서, 서양 사람과 같이 탔던 신사양반 하나가 내려서더니, 어쩌다 눈이 마주치자,

"아, 백 주사 아니신가요?"

하고 반기는 것이었었다.

자세히 보니, 무어 길바닥에서 신기료장수를 한다던 코삐뚤이 삼복이가 분명하였다.

"자네가, 저, 저, 방, 방……."

"네, 삼복입니다."

"아, 건데, 자네가……."

"허, 살 때가 됐답니다."

그리고는 내 집으루 갑시다, 하고 잡아끄는 대로 끌리어 온 것이었었다.

의표하며, 집하며, 식모에 침모에 계집하인까지 부리면서 사는 것하며, 신수가 훤히 트여 가지고 말도 제법 의젓하여진 것 같은 것이며, 진소위 개천에서 용이 났다고 할 것인지.

옛날의 영화가 꿈이 되고, 일보에 몰락하여 가뜩이나 초상집 개처럼 초라한 자기가 또 한 번 어깨가 옴츠러듦을 느끼지 아니치 못하였다. 그런데다 이 녀석이, 언제 적 저라고 무엄스럽게 굴어 심히 불쾌하였고, 그래서 엔간히 자리를 털고 일어설 생각이 몇 번이나 나지 아니한 것도 아니었었다. 그러나 참았다.

보아하니 큰 세도를 부리는 것이 분명하였다. 잘만 하면 그 힘을 빌려, 분풀이와 빼앗긴 재물을 도로 찾을 여망²⁹⁾이 있을 듯싶었다. 분풀이를 하고, 더구나 재물을 도로 찾고 하는 것이라면야 코삐뚤이 삼복이는 말고, 그보다 더한 놈한테라도 머리 숙이는

것쯤 상관할 바 아니었다.

"그러니, 여보게 미씨다 방……."

있는 말 없는 말 보태 가며 일장 경과 설명을 한 후에, 백 주사는 끝을 맺기를,

"어쨌든지 그놈들을 말이네, 그놈들을 한 놈 냉기지 말구섬 죄다 붙잡아다가 말이네, 괴수놈들일랑 목을 썰어 죽이구, 다른 놈들일랑 뼉다구가 부러지두룩 두들겨 주구. 꿇어앉히구 항복 받구. 그리구 빼앗긴 것 일일이 도루 다 찾구. 집허구 세간 쳐부신 것 말끔 다 물리구…… 그렇게만 해준다면, 내, 내, 재산 절반 노나 주문세, 절반. 응, 여보게 미씨다 방."

"염려 마슈."

미스터 방은 선뜻 쾌한 대답이었다.

"진정인가?"

"머, 지끔 당장이래두, 내 입 한 번만 떨어진다 치면, 기관총 들멘 엠피가 백 명이구 천 명이구 들끓어 내려가서, 들이 쑥밭을 만들어 놉니다, 쑥밭을."

"고마우이!"

백 주사는 복수하여지는 광경을 서언히 연상하면서, 미스터 방의 손목을 덤쑥 잡는다.

"백골난망³⁰⁾이겠네."

"놈들을 깡그리 죽여 놀 테니, 보슈."

"자네라면야 어련하겠나."

"흰말이 아니라 참 이승만 박사두 내 말 한마디면 고만 다 제

바리유."

미스터 방은 그리고는 냉수 그릇을 집어 한 모금 물고 꿀쩍꿀쩍 양치를 한다. 웬 버릇인지, 하여간 그는 미스터 방이 된 뒤로, 술을 먹으면서 양치하는 버릇이 생겼었다.

양치한 물을 처치하려고 휘휘 둘러보다, 일어서서 노대로 성큼성큼 나간다. 노대는 현관 정통 위였었다.

미스터 방이 그 걸쭉한 양칫물을 노대 아래로 아낌없이 좍 배앝는 바로 그 순간이었다. 그 순간이 공교롭게도, 마침 그를 찾으러 온 S소위가 현관으로 일단 들어서려다 말고(미스터 방이 노대로 나오는 기척이 들렸기 때문에) 뒤로 서너 걸음 도로 물러나,

"헬로."

부르면서 웃는 얼굴을 쳐드는 순간과 그만 일치가 되었었다.

"에구머니!"

놀라 질겁을 하였으나 이미 배앝아진 양칫물은 퀴퀴한 냄새와 더불어 백절폭포로 내려 쏟혀, 웃으면서 쳐드는 S소위의 얼굴 정통에 가 좌르르.

"유 데블!"

이 기급할 자식이라고, S소위는 주먹질을 하면서 고함을 질렀고. 그 주먹이 쳐든 채 그대로 있다가, 일변 허둥지둥 버선발로 뛰쳐나와 손바닥을 싹싹 비비는 미스터 방의 턱을,

"상놈의 자식!"

하면서 철컥, 어퍼컷으로 한 대 갈겼더라고.

논 이야기

05

한 생원은 참으로 일본이 항복을 하였고, 조선
은 독립이 되었다는 그날 - 8월 15일 적보다도
신이 나는 소식이었다. 자기가 한 말[豫言]이
꿈결같이도 이렇게 와 들어맞다니……

논 이야기

1.

일인들이 토지와 그 밖에 온갖 재산을 죄다 그대로 내놓고, 보따리 하나에 몸만 쫓겨 가게 되었다는 이야기를 듣는 한 생원은 어깨가 우쭐하였다.

"거 보슈 송 생원, 인전 들, 내 생각 나시지?"

한 생원은 허연 탑삭부리에 묻힌 쪼글쪼글한 얼굴이 위아래 다섯 대밖에 안 남은 누런 이빨과 함께 흐물흐물 웃는다.

"그러면 그렇지, 글쎄 놈들이 제아무리 영악하기로소니 논에다 네 귀탱이 말뚝 박구섬 인도깨비처럼, 어여차 어여차, 땅을 떠 가지구 갈 재주야 있을 이치가 있나요?"

한 생원은 참으로 일본이 항복을 하였고, 조선은 독립이 되었다는 그날 - 8월 15일 적보다도 신이 나는 소식이었다. 자기가 한 말[豫言]이 꿈결같이도 이렇게 와 들어맞다니…… 그리고 자기가 한 말대로, 자기가 일인에게 팔아넘긴 땅이 꿈결같이도 도로 자기의 것이 되게 되었다니…… 이런 세상에 신기하고 희한할 도리라고는 없었다.

조선이 독립이 되었다는 8월 15일, 그때는 한 생원은 섬뻑[1] 만세를 부르고 싶은 생각이 나지 않았어도, 이번에는 저절로 만세 소리가 나와지려고 하였다.

팔월 십오일 적에 마을에서는 젊은 사람들이 설도[2]를 하여 태극기를 만들고, 닭을 추렴[3]하고, 술을 사고 하여 놓고 조촐히 만세를 불렀다.

한 생원은 그 자리에 참례를 하지 아니하였다. 남들이 가서 같이 만세를 부르자고 하였으나 한 생원은 조선이 독립이 되었다는 것이 별양 반가운 줄을 모르겠었다. 그저 덤덤할 뿐이었다.

물론 일본이 항복을 하였으니 전쟁은 끝이 난 것이요, 전쟁이 끝이 났으니 벼 공출을 비롯하여 솔뿌리 공출이야, 마초 공출이야, 채소 공출이야, 가지가지의 그 억울하고 성가신 공출이 없어지고 말 것이었다.

또, 열여덟 살배기 손자놈 용길이가 징용에 뽑혀 나갈 염려가 없을 터였다. 얼마나 한 생원은, 일찍이 아비를 여의고, 늙은 손으로 여태껏 길러 온 외톨 손자놈 용길이가 징용에 뽑히지 말게 하려고, 구장과 면의 노무계 직원과, 부락 담당 직원에게 굽은 허리를 굽실거리며 건사를 물고 하였던고. 굶는 끼니를 더 굶어 가면서 그들에게 쌀을 보내어주기, 그들이 마을에 얼찐하면 부라부라 청해다 씨암탉 잡고 술대접하기, 한참 농사일이 몰릴 때라도, 내 농사는 손이 늦어도 용길이를 시켜 그들의 논에 모 심고 김 매어주고 하기. 이 노릇에 흰머리가 도로 검어질 지경이요 빚[債]은 고패[4]가 넘도록 지고 하였다.

하던 것이 인제는 전쟁이 끝이 났으니, 징용 이자는 싹 씻은 듯 없어질 것. 마음 턱 놓고 두 발 쭉 뻗고 잠을 자도 좋았다.

이런 일을 생각하면 한 생원도 미상불[5] 다행스럽지 아니한 것은 아니었다. 그러나 오직 그뿐이었다.

독립?

신통할 것이 없었다.

독립이 되기로서니, 가난뱅이 농투성이가 별안간 나으리 주사 될 리 만무하였다. 가난뱅이 농투성이가 남의 세토[6] 얻어 비지땀 흘려가면서 일 년 농사 지어 절반도 넘는 도지[7] 물고, 나머지로 굶으며 먹으며 연명이나 하여 가기는 독립이 되거나 말거나 매양 일반일 터이었다.

공출이야 징용이야 하여서 살기가 더럭 어려워지기는, 전쟁이 나면서부터였다. 전쟁이 나기 전에는 일 년 농사지어 작정한 도지, 실수 않고 물면 모자라나따나 아무 시비와 성가심 없이 내 것 삼아 놓고 먹을 수가 있었다.

징용도 전쟁이 나기 전에는 없던 풍토였었다. 마음 놓고 일을 하였고, 그것으로써 그만이었지, 달리는 근심 걱정될 것이 없었다.

전쟁 사품[8]에 생겨난 공출이니 징용이니 하는 것이 전쟁이 끝이 남으로써 없어진 다음에야 독립이 되기 전 일본 정치 밑에서도 남의 세토 얻어 도지 물고 나머지나 천신[9]하는 가난뱅이 농투성이에서 벗어날 것이 없을진대, 한갓 전쟁이 끝이 나서 공출과 징용이 없어진 것이 다행일 따름이지, 독립이 되었다고 만세를 부르며 날뛰고 할 흥이 한 생원으로는 나는 것이 없었다.

일인에게 빼앗겼던 나라를 도로 찾고, 그래서 우리도 다시 나라가 있게 되었다는 이 잔주[10]도, 역시 한 생원에게는 시쁘둥한[11] 것이었다. 한 생원은 나라를 도로 찾는다는 것은 구한국 시절로 다시 돌아가는 것으로밖에는 달리 생각할 수가 없었다.

한 생원네는 한 생원의 아버지의 부지런으로 장만한, 열서 마지기와 일곱 마지기의 두 자리 논이 있었다. 선대의 유업도 아니요, 공문서[12] 땅을 거저 주운 것도 아니요, 버젓이 값을 내고 산 것이었다. 하되 그 돈은 체계나 돈놀이[13]로 모은 돈이 아니요, 품삯 받아 푼푼이 모으고 악의악식하면서 모은 돈이었다. 피와 땀이 어린 땅이었다.

그 피땀 어린 논 두 자리에서, 열서 마지기를 한 생원네는 산지 겨우 오 년 만에 고을 원(군수)에게 빼앗겨 버렸다.

지금으로부터 50년 전, 갑오 을미 병신 하는 병신(丙申)년, 한 생원의 나이 스물한 살 적이었다.

그 안 해 을미년 늦은 가을에 김 아무라는 원이 동학란에 도망뺀 원 대신으로 새로이 도임을 해 와서, 동학의 잔당을 비질하듯 잡아 죽였다.

피비린내 나는 살육이 이듬해 병신년 봄까지 계속되었고, 그리고 여름…… 인제는 다 지났거니 하여 겨우 안도를 한 참인데, 한태수(한 생원의 아버지)가 원두막에서 동헌으로 붙잡혀가 옥에 갇혔다. 혐의는 동학에 가담하였다는 것이었다.

한태수는 전혀 동학에 가담한 일이 없었다. 그의 말대로 하면, 동학 근처에도 가보지 아니한 사람이었다.

옥에 가두어 놓고는 매일 끌어내다 실토를 하라고, 동류의 성명을 불라고, 주리를 틀면서 문초를 하였다. 육십이 넘은 늙은 정강이가 살이 으깨어지고 뼈가 아스러졌다.

나중 가서야 어찌 될 값에, 당장의 아픔을 견디다 못하여 동학에 가담하였노라고 자복을 하였다. 입에서 나오는 대로 아는 사람의 이름을 불렀다.

불린 일곱 사람이 잡혀 들어와 같은 문초를 받았다. 처음에는 들 내뻗었으나 원체 아픔을 이기지 못하여 자복을 하였다.

남은 것은 처형을 하는 것뿐이었다.

하루는 이방이, 한태수의 아내와 아들(한 생원)을 조용히 불렀다.

이방은 모자더러, 좌우간 살려낼 도리를 하여야 않느냐고 하였다.

모자는 엎드려 빌면서, 제발 이방님 덕택에 목숨만 살려지이

다고 하였다.

"꼭 한 가지 묘책이 있기는 있는데…… 그럼 내가 시키는 대로 할 테냐?"

"불 속이라도 뛰어 들어가겠습니다."

"논문서를 가져오느라. 사또께다 바쳐라."

"논문서를요?"

"아까우냐?"

"……"

"가장이나 아비의 목숨보다 논이 더 소중하냐?"

"그 땅이 다른 땅과도 달라서……."

"정히 그렇게 아깝거던 고만두는 것이고."

"논문서만 가져다 바치면 정녕 모면을 할까요?"

"아니 될 노릇을 시킬까?"

"그럼 이 길로 나가서 가지고 오겠습니다."

"밤에 조용히 내아[14]로 오도록 하여라. 나도 와서 있을 테니. 그리고 네 논이 두 자리가 있겠다?"

"네."

"열서 마지기와 일곱 마지기."

"네."

"그 열서 마지기를 가지고 오느라."

"열서 마지기를요?"

"아까우냐?"

"……"

"아깝거들랑 고만두려무나."

124

"그걸 바치고 나면 소인네는 논 겨우 일곱 마지기를 가지고 수다한 권솔에 살아갈 방도가……."

"당장 가장이나 애비의 목숨은 어데로 갔던지?"

"……."

"땅이야 다시 장만도 할 수가 있는 것이 아니냐?"

모자는 서로 돌아보면서 말하였다.

"바칩시다."

"바치자."

사흘 만에 한태수는 놓여 나왔다. 다른 일곱 명도 이방이 각기 사이에 들어 각기 얼마씩의 땅을 바치고 놓여 나왔다.

그 뒤 경술(庚戌)년에 일본이 조선을 합방하여 나라는 망하였다.

사람들이 나라 망한 것을 원통히 여길 때, 한 생원은,

"그깐 놈의 나라, 시언히 잘 망했지."

하였다. 한 생원 같은 사람으로는 나라란 백성에게 고통이지 하나도 고마운 것이 아니었다. 또 꼭 있어야 할 요긴한 것도 아니었다.

그런 나라라는 것을, 도로 찾았다고 하여, 섬뻑 감격이 일지 아니한 것도 일변 의당한 노릇이라 할 것이었다.

논 스무 마지기에서 열서 마지기를 빼앗기고 나니, 원통한 것도 원통한 것이지만, 앞으로 일이 딱하였다. 논이나 겨우 일곱 마지기를 가지고는 어림도 없었다.

하릴없이 남의 세토를 얻어, 그 보충을 하여야 하였다. 그러나 남의 세토는 도지를 물어야 하는 것이라, 힘은 내 논을 지을 때

와 마찬가지로 들면서도 가을에 가서 차지를 하기는 절반이 못되는 것이었다. 그렇지만 그렇다고 남의 세토를 소작 아니할 수는 없었다.

이리하여 한 생원네는 나라 명색이 망하지 않고 내 나라로 있을 적부터 가난한 소작농이었다.

경술년 나라가 망하고, 삼십육 년 동안 일본의 다스림 밑에서도 같은 가난한 소작농이었다.

그리고 속담에, 남의 불에 게 잡기로 남의 덕에 나라를 도로 찾기는 하였다지만 한국 말년의 나라만을 여겨 그 나라가 오죽할 리 없고, 여전히 남의 세토나 지어 먹는 가난한 소작농이기는 일반일 것이라고 한 생원은 생각하던 것이었다.

일본이 항복을 하던 바로 전의 삼사 년에, 공출이야 징용이야 하면서 별안간 군색함과 불안이 생겼던 것이지, 그 밖에는 나라가 망하여 없어지고서 일본의 속국 백성으로 사는 것이, 경술년 이진 나라기 있어 가지고 조선 백성으로 살 적보다 별양 못할 것이 한 생원에게는 없었다. 여전히 남의 세토를 지어, 절반 이상이나 도지를 물고 그 나머지를 천신하는 가난한 소작인이요, 순사나 일인이나 면서기들의 교만과 압박보다 못할 것도 없거니와 더할 것도 없었다.

독립이 된 이 앞으로도, 그것이 천지개벽이 아닌 이상 가난한 농투성이가 느닷없이 부자장자 될 이치가 없는 것이요, 원·아전·토반[15]이나 일본놈 대신에, 만만하고 가난한 농투성이[16]를 핍박하는 '권세 있는 양반들'이 생겨날 것이요 할 것이매, 빼앗겼던 나라를 도로 찾아 다시금 조선 백성이 되었다는 것이 조금도 신통하거나 반가울 것이 없었다.

원과 토반과 아전이 있어, 토색질[17]이나 하고 붙잡아다 때리기나 하고 교만이나 피우고, 하되 세미[18]는 국가의 이름으로 꼬박꼬박 받아 가면서 백성은 죽어야 모른 체를 하고 하는 나라의 백성으로도 살아 보았다.

천하 오랑캐, 아비와 자식이 맞담배질을 하고, 남매간에 혼인을 하고, 뱀을 먹고 하는 왜인들이, 저희가 주인이랍시고서 교만을 부리고, 순사와 헌병은 칼바람에 조선 사람을 개, 돼지 대접을 하고, 공출을 내라 징용을 나가거라 야미[19]를 하지 마라 하면서 볶아대고, 또 일본이 우리나라다, 나는 일본 백성이다, 이런 도무지 그럴 마음이 우러나지를 않는 억지춘향이 노릇을 시키고 하는 나라의 백성으로도 살아 보았다.

결국 그러고 보니 나라라고 하는 것은 내 나라였건 남의 나라였건 있었댔자 백성에게 고통이나 주자는 것이지, 유익하고 고마울 것은 조금도 없는 물건이었다. 따라서 앞으로도 새 나라는 말고 더한 것이라도, 있어서 요긴할 것도, 없어서 아쉬울 일도 없을 것이었다.

2.

신해(辛亥)년…… 경술합방 바로 이듬해였다. 한 생원은 – 때의 젊은 한덕문 – 은 빼앗기고 남은 논 일곱 마지기를 불가불 팔아야 할 형편에 이르렀다.

칠팔 명이나 되는 귀솔[20]인데, 내 논 일곱 미지기에다 남의 논

이나 몇 마지기를 소작하여 가지고는 여간한 규모와 악의악식[21]
이 아니고서는 도저히 현상유지를 하기가 어려웠다.

한덕문은 그 부친과는 달라 살림 규모가 없었다. 사람이 좀 허
황하고 헤픈 편이었다.

부친 한태수가 죽고, 대신 당가산(當家産)을 한 지 불과 오륙
년에 한덕문은 힘에 넘치는 빚을 졌다.

이 빚은 단순히 살림에 보태느라고만 진 빚은 아니었다.

한덕문은 허황하고 헤픈 값을 하느라고, 술과 노름을 쏠쏠히
좋아하였다.

일 년 농사를 지어야 일 년 가계가 번연히 모자라는데, 거기다
술을 먹고 노름을 하니, 늘어 가느니 빚밖에는 있을 것이 없었
다.

빚은 갚아야 되었다.

팔 것이라고는 논 일곱 마지기 그것뿐이었다.

한덕문이 빚을 이리 틀어막고 저리 틀어막고, 오늘로 밀고 내
일로 밀고 하여 오던 끝에, 마침내는 더 꼼짝을 할 도리가 없어
논을 팔기로 작정을 대었을 무렵에, 그러자 용말[龍田] 사는 일인
길천(吉川)이가 요새로 바싹 땅을 많이 사들인다는 소문이 들렸
다. 그리고 값으로 말하여도, 썩 좋은 상답이면 한 마지기(200
평)에 스무 냥으로 스물닷 냥(20냥 이상 25냥. 4원 이상 5원)까
지 내고, 아주 박토라도 열 냥(2원) 안짝은 없다고 하였다.

땅마지기나 가진 인근의 다른 농민들도 다들 그러하였지만,
한덕문은 그중에서도 귀가 반짝 뜨였다.

시세의 갑절이었다.

고래실논[22)]으로, 개똥배미 상지상답이라야 한 마지기에 열 냥
으로 열두어 냥(2원~2원 40, 50전)이요, 땅 나쁜 것은 기지개 써
야 닷 냥(1원)이었다.

'팔자!'

한덕문은 작정을 하였다.

일곱 마지기 논이 상지상답은 못 되어도 상답은 되니, 잘 하면
열 냥은 받을 것. 열 냥이면 이칠 십사 일백마흔 냥(28원).

빚이 이럭저럭 한 오십 냥(10원) 되니, 그것을 갚고 나면 아흔
냥(18원)이 남아. 아흔 냥을 가지고 도로 논을 장만해. 판 일곱
마지기만한 토리[23)]의 논을 사더라도 아홉 마지기를 살 수가 있
어.

결국 논 한번 팔고 사고 하는 노름에, 빚 오십 냥 거저 갚고도
논은 두 마지기가 늘어 아홉 마지기가 생기는 판이 아니냐.

이런 어수룩한 노름을 아니 하잘 머리[24)]가 없는 것이었다.

양친은 이미 다 없는 때요, 한덕문 그가 대주(大主. 호주)였으
므로, 혼자서 일을 결단하여도 간섭을 받을 일은 없었다.

곡우(穀雨) 머리의 어느 날 한덕문은 맨발 짚신 풀상투에 삿갓
쓰고 곰방대 물고, 마을에서 십 리 상거[25)]의 용말 출입을 나갔
다. 일인 길천이가 적실히 그렇게 후한 값으로 논을 사는지, 진
가를 알아보자 함이었다.

금강(錦江) 어귀의 항구 군산(群山)에서 시작되어 동북간방
(東北間方)으로 임피읍(臨陂邑)을 지나 용말로 나온 행길이, 용
말 동쪽 변두리에서 솜리[裡里]로 가는 길과 황등장터[黃登市]로
가는 길의 두 갈랫길로 갈리는, 그 삼에 기 전주집이라는 주모가

업을 하고 있는 주막이 오도카니 홀로 놓여 있었다.

한덕문은 전주집과는 생소치 아니한 사이였다.

마당이자 바로 행길인, 그 마당 앞에 섰는 한 그루의 실버들이 한창 푸르른 전주집네 주막, 살진 봄볕이 드리운 마루에 나란히 걸터앉아 세상 물정 이야기, 피차간 살아가는 이야기, 훨씬 한담을 하던 끝에 한덕문이 지난 말처럼 넌지시 물었다.

"참, 저, 일인 길천이가 요새 땅을 많이 산다구?"

"많얼께 아니라, 그 녀석이 아마, 이 근처 일판을, 땅이라구 생긴 건 깡그리 쓸어 사자는 배폰가 봅디다!"

"헷소문은 아니루구먼?"

"달리 큰 배포가 있던지, 그렇잖으면 그 녀석이 상성(발광)을 했던지."

"……?"

"한 서방 으런두 속내 아는 배, 이 근처 논이 물 걱정 가뭄 걱정 없구, 한 마지기에 넉 섬은 먹는 논이라야 열 냥이 상값 아니우? 그런 걸 글쎄, 녀석은 스무 냥 스물댓 냥을 퍼주구 사는구랴. 제마석(한 두락에 한 석)두 못 먹는 자갈바탕의 박토[26]라두, 논 명색이면 열 냥 안짝 잽히는 건 없구."

"허긴, 값이나 그렇게 월등히 많이 내야 일인한테 논을 팔지, 그러잖구서야 누가."

"제엔장, 나두 진작에 논이나 시늉만 생긴 거라두 몇 섬지기 장만해 두었드라면 이런 판에 큰 횡잴 했지."

"그래, 많이들 와 파나?"

"대가릴 싸구 덤벼든답디다. 한 서방 으런두 논 좀 파시구랴?

이런 때 안 팔구, 언제 팔우?"

"팔 논이 있나?"

이유와 조건의 어떠함을 물론하고, 농민이 논을 판다는 것은 남의 앞에 심히 떳떳스럽지 못한 일이었다. 번연히 내일 모레면 다 알게 될 값이라도, 되도록 그런 기색을 숨기려고 드는 것이 통정이었다.

뚜벅뚜벅 말굽 소리가 나더니, 말 탄 길천이가 주막 앞을 지난다. 언제나 그러하듯이, 깜장 됫박모자[中山帽子]에 깜장 복장(양복. 쓰메에리)을 입고, 깜장 목 깊은 구두를 신고, 허리에는 육혈포를 차고 하였다.

한덕문은 길에서 몇 차례 본 적이 있어 그가 길천인 줄을 안다.

"어디 갔다 와요?"

전주집이 웃으면서 알은체를 하는 것을, 길천은 웃지도 않으면서,

"응, 조기. 우리, 나쁜 사레미 자바리 갔소 왔소."

길천의 차인꾼[27]이요 통역꾼이요 한 백남술이가 밧줄로 결박을 지은 촌 젊은 사람 하나를 앞참 세우고 뒤미처 나타났다.

죄수(?)는 상투가 풀어지고 발기발기 찢긴 옷과 면상으로 피가 묻고 한 것으로 보아, 한바탕 늑신 두들겨 맞은 것이 역력하였다.

"어디 갔다 오시우?"

전주집이 이번에는 백남술더러 인사로 묻는다.

백남술은 분여히,

"남의 돈 집어먹구 도망 댕기는 놈은 죽어 싸지."

하면서 죄수에게 잔뜩 눈을 흘긴다.

그러고 나서 전주집더러,

"댕겨오께시니, 닭이나 한 마리 잡구 해놓게나. 놈을 붙잡느라구 한 승강 했더니 목이 컬컬허이."

그느라고 잠깐 한눈을 파는 순간이었다. 죄수가 밧줄 한끝 붙잡힌 것을 홱 뿌리치면서 몸을 날려 쏜살같이 오던 길로 내뺀다.

"엇!"

백남술이 병신처럼 놀라다 이내 죄수의 뒤를 쫓는다.

길천이 탄 말이 두 앞발을 번쩍 들어 머리를 돌리면서 땅을 차고 달린다. 그러면서 길천의 손에서 육혈포가 땅…… 풀씬[28] 연기가 나면서 재우쳐 땅…….

죄수는 그러나 첫 한 방에 그대로 길바닥에 가 동그라진다. 같은 순간 버선발로 뛰어내려간 전주집이 에구머니 비명을 지른다.

죄수는 백남술에게 박승 한끝을 다시 붙잡혀 일어난다. 길천은 피스톨 사격의 명인(名人)은 아니었었다.

일인에게 빚을 쓰는 것을 왜채(倭債)[29]라고 하고, 이 젊은 친구는 왜채를 쓰고서 갚지 아니하고 몸을 피해 다니다가 붙잡힌 사람이었다.

길천은 백남술이가,

'이 사람은 논이 몇 마지기가 있소.'

하고 조사 보고를 하면, 서슴지 아니하고 왜채를 주곤 한다.

이자도 항용 체계나 장변30)보다 헐하였다.

빚을 주는 데는 무른 것 같아도, 받는 데는 무서웠다.

기한이 지나기를 기다려, 채무자를 제 집으로 데려다 감금을 하고, 사형(私刑)으로써 빚 채근을 하였다.

부형31)이나 처자가 돈을 가지고 와서 빚을 갚는 날까지 감금과 사형을 늦추지 아니하였다.

논문서를 가지고 오는 자리는 '우대'를 하였다. 이자를 탕감하고 본전만 쳐서 논으로 받는 것이었었다. 논이 있는 사람은, 돈을 두어 두고도 즐거이 논으로 갚고 하였다.

한덕문은 다시 끌려가고 있는 죄수의 뒷모양을 우두커니 바라다보면서,

'제엔장, 양반 호랑이도 지질한데, 우환 중에 왜놈 호랑이까지 들어와서 이 등쌀이니, 갈수록 죽어나는 건 만만한 백성뿐이로구나.'

'쯧, 번연히 알면서 왜채를 쓰는 사람이 잘못이지, 누구를 원망하나.'

'참새가 방앗간을 거저 지날까. 이왕 외상술이라도 한잔 먹고 일어설까, 어떡헐까?'

이런 생각을 하고 앉았는 차에, 생각잖이, 외가 편으로 아저씨 뻘 되는 윤 첨지가 퍼뜩 거기에 당도하였다. 윤 첨지는 황등장터에서 제 논 섬지기나 지니고 탁신히 사는 농민이었다.

아저씨 웬일이시냐고, 조카 잘 있었더냐고, 항용 하는 인사가 끝난 후에 이 동네 사는 길천이라는 일인이 값을 후히 내고 땅을 사들인다는 소문이 있으니 적실하냐고 아까 한덕문이 전주집더

러 묻던 말을, 윤 첨지가 한덕문더러 물었다.

그렇단다는 한덕문의 대답에, 윤 첨지는 이윽고 생각을 하고 있더니 혼잣말같이,

"그럼 나두 이왕 궐(厥)한테다 팔아야 하겠군."

하다가 한덕문더러,

"황등이까지 가서두 살까? 예서 이십 리나 되는데."

하고 묻는다.

"글쎄요…… 건데 논은 어째 파실 영으루?"

"허, 그거 온 참…… 저어 공주 한밭[大田]서 무안 목포(木浦)루 철로[鐵道]가 새루 나는데, 그것이 계룡산(鷄龍山) 앞을 지나 연산(連山)·팥거리[豆溪]루 해서 논메[論山]·강경(江景)으루 나와 가지구, 황등장터를 지나게 된다네그려."

"그런데요?"

"그런데 철로가 난다 치면 그 십 리 안짝은 논을 죄 버리게 된다는 거야."

"어째서요?"

"차가 댕기는 바람에 땅이 울려 가지구 모를 심어두 뿌릴 제대루 잡지 못하구 해서, 벼가 자라질 못한다네그려!"

"무슨 그럴 리가……."

"건 조카가 속을 몰라 하는 소리지. 속을 몰라 하는 소린 것이, 나두 작년 정월에 공주 한밭엘 갔다 그놈 차가 철로 위루 달리는 걸 구경했지만, 아 그 쇳덩이루 만든 집챗더미 같은 시꺼먼 수레가 찻길 위루 벼락치듯 달리는데, 땅바닥이 사뭇 움죽움죽하드라니깐! 여슷 지동[地震]이아…… 그러니, 땅이 그렇게 시농하듯

사철 들이 울리니, 근처 논이 모가 뿌리를 잡을 것이며, 자라기를 할 것인가?"

"……."

듣고 보니 미상불 근리한[32] 말이었다.

"몰랐으면이어니와 알구두 그대루 있겠던가? 그래 좀 덜 받더래두 팔아넘길 영으루 하구 있는데, 소문을 들으니 길천이라는 손이 요새 값을 시세보담 갑절씩이나 내구 논을 산다데나그려. 정녕 그렇다면 철로 조간이 아니라두 팔아 가지구 딴 데루 가서 판 논 갑절 되는 논을 장만함직두 한 노릇인데, 항차[33]……."

"철로가 그렇게 난다는 건 아주 적실한가요?"

"말끔 다 칙량을 하구, 말뚝을 박아 놓구 한걸…… 황등장터 그 일판은 그래, 논들을 못 팔아 난리가 났다니까."

3.

일인 길천이에게 일곱 마지기 논을 일백마흔 냥에 판 것과, 그중 쉰 냥은 빚을 갚은 것, 이것까지는 한덕문의 예산대로 되었었다.

그러나 나머지 아흔 냥으로 판 논 일곱 마지기보다 토리가 못하지 아니한 논으로 두 마지기가 더한 아홉 마지기를 삼으로써 빚 쉰 냥은 공으로 갚고, 그러고도 논이 두 마지기가 붙게 된다던 것은 완전히 허사가 되고 말았다.

아무도 한덕문에게 상담 한 마지기를 열 냥씩에 팔려는 사람은 없었다. 이왕 일인 길천이에게 팔면 그 갑절 스무 냥씩을 받는 고로 말이었다.

　필경 돈 아흔 냥은 한덕문의 수중에서 한 반년 동안 구르는 동안 스실사실[34] 다 없어지고 말았다.

　이리하여 한덕문은 논 일곱 마지기로 겨우 빚 쉰 냥을 갚고는, 아무것도 남은 것이 없이 손 싹싹 털고 나선 셈이었다.

　친구가 있어 한덕문을 책하면서 물었다.

　"어떡허자구 논을 판단 말인가?"

　"인제 두구 보게나."

　"무얼 두구 보아?"

　"일인들이 다 쫓겨 가면 그 땅 도로 내 것 되지 갈 데 있던가?"

　"쫓겨 갈 놈이 논을 사겠나?"

　"저이놈들이 천지 운수를 안다든가?"

　"자네는 아나?"

　"두구 보래두 그래."

　한덕문은 혼자 속으로는 아뿔싸, 논이라야 단지 그것뿐인 것을 팔고서, 인제는 송곳 꽂을 땅도 없으니 이 노릇을 어찌한단 말이냐고, 심히 후회하여 마지않았다.

　그러면서도 남더러는 그렇게 배포 있이 장담을 탕탕 하였다.

　한덕문은 장차에 일인들이 쫓겨 가리라는 것을 확언할 아무런 근거도 가진 것이 없었다. 따라서 자신도 없었다. 오직 그는 논을 판 명예롭지 못함과 어리석음을 싸기 위하여, 그런 희떠운[35] 소리를 한 것일 따름이었다.

　한덕문이, 일인들이 다 쫓겨 가면 그 논이 도로 제 것이 될 터이라서 논을 팔았다고 힌디디라, 이 소문이 한 입 누 입 퍼지자

듣는 사람마다 그의 희떠움을, 혹은 실없음을 웃었다.

하는 양을 보느라고 위정[36],

"자네 논 팔았다면서?"

한다 치면,

"팔았지."

"어째서?"

"돈이 좀 아쉬어서."

"돈이 아쉽다구 논을 팔구서 어떡하자구?"

"일인들이 다 쫓겨 가면 그 논 도루 내 것 되지 갈 데 있나?"

"일인들이 쫓겨 간다든가?"

"그럼 백 년 살까?"

또 누구는 수작을 바꾸어,

"일인들이 쫓겨 간다지?"

한다 치면,

"그럼!"

"언제쯤 쫓겨 가는구?"

"건 쫓겨 가는 때 보아야 알지."

"에구 요 맹추야, 요 허풍선이야, 우리나라 상감님을 쫓아내구 저이가 왕 노릇을 하는데 쫓겨 가?"

"자넨 그럼 일인들이 안 쫓겨 가구 영영 그대루 있으면 좋을 건 무언가?"

"좋기루 할 말이야 일러 무얼 하겠나만, 우리 좋구푼 대루 세상 일이 돼준다던가?"

"그래두 인제 내 말을 이를 때가 오너니."

"괜히, 논 팔구섬 할 말 없거들랑 국으루 잠자꾸 가만하나 있어요."

"체에, 내 논 내가 팔아먹는데, 죄 될 일 있니?"

"걸 누가 죄라니?"

"길천이한테 논 팔아먹은 놈이 한덕문이 하나뿐인감?"

"누가 논 판 걸 나무래? 희떤 장담을 하니깐 그러는 거지."

"희떤 장담인지 아닌지 두구 보잔 말야."

이로부터 한덕문은 그 말로 인하여 마을과 인근에서 아주 호가 났고, 어느 겨를인지 그것이 한 속담까지 되었다.

가령 어떤 엉뚱한 계획을 세운다든지 허랑한[37) 일을 시작하여 놓고서는, 천연스럽게 성공을 자신한다든지, 결과를 기다린다든지 하는 사람이 있다 치면,

"홍, 한덕문이 길천이게다 논 팔아먹던 대 났구나."

하고 비웃곤 하는 것이었었다.

그 후, 그 속담은, 삼십오 년을 두고 전하여 내려왔다. 전하여 내려올 뿐만이 아니었다. 일본 제국주의의 조선에 있어서의 지반이 해가 갈수록 완구한[38) 것이 되어 감을 따라, 더욱이 만주사변 때부터 시작하여 중일전쟁을 거쳐 태평양전쟁으로 일이 거창하게 벌어진 결과, 전쟁 수단으로서 조선의 가치는 안으로 밖으로, 적극적으로 소극적으로, 나날이 더 커감을 좇아 일본이 조선에다 박은 뿌리는 더욱 깊이 뻗어 들어가고, 가지와 잎은 더욱 무성하여서 일본이 조선으로부터 물러간다는 것은 독립과 한가지로 나날이 더 잠꼬대 같은 생각이던 것처럼 되어 버려 감을 따라, 그래서 한덕문의 장담하던 (일인들이 다 쫓겨가면……) 이

말이, 해가 가고 날이 갈수록 속절없이 무색하여 감을 따라, 그와 반비례하여 그 말의 속담으로서의 가치와 효과만이 멸하지 않고 찬란히 빛을 내었다.

바로 8월 14일까지도 그러하였다. 8월 14일까지도,

"흥, 한덕문이 길천이한테 논 팔아먹던 대 났구나."

는 당당히 행세를 하였었다.

그랬던 것이, 8월 15일에 일본이 항복을 하고, 조선은 독립(실상은 우선 해방)이 되고 하였다. 그리고 며칠 아니하여 '일인들이 토지와 그 밖 온갖 재산을 죄다 그대로 내어놓고 보따리 하나에 몸만 쫓겨 가게 되었다'는 데까지 이르렀다.

한 생원의,

"일인들이 다 쫓겨 가면……."

은 이리하여 부득불 빛이 환해지고, 반대로,

"한덕문이 길천이한테 논 팔아먹던 대 났구나."

는 그만 얼굴이 벌개서 납작하고 말 수밖에 없었다.

4.

"여보슈 송 생원?"

한 생원이 허연 탑삭부리에 묻힌 쪼글쪼글한 얼굴이 위아래 다섯 대밖에 안 남은 누런 이빨과 함께 흐물흐물 자꾸만 웃어지는 웃음을 언제까지고 거두지 못하면서, 그러다 별안간 송 생원의 팔을 잡아 흔들면서 아주 긴하게,

"우리 독립 만세 한번 부르실까?"

"남 다아 부르구 난 댐에, 건 불러 무얼 허우?"

송 생원은 한 생원과 달라 길천이한테 팔아먹은 논도 없으려니와, 따라서 일인들이 쫓겨 가더라도 도로 찾을 논도 없었다.

"송 생원, 접때 마을에서 만세를 부를 제, 나가 부르셨던가?"

"난 그날, 허리가 아파 꼼짝 못하구 누웠는걸."

"나두 그날 고만 못 불렀어."

"아따 못 불렀으면 못 불렀지, 늙은것들이 만세 좀 아니 불렀기루 귀양살이 보내겠수?"

"난 그래두 좀 섭섭해 그랬지요…… 그럼 송 생원 우리 술 한잔 자실까?"

"술이나 한잔 사주신다면."

"주막으루 나갑시다."

두 늙은이가 지팡이를 짚고 마을에 단 한 집밖에 없는 주막으로 나갔다.

"에구머니, 독립두 되구 볼 거야. 영감님들이 술을 다 자시러 오시구."

이십 년이나 여기서 주막을 하느라고 인제는 중늙은이가 된 주모 판쇠네가, 손님을 환영이라기보다 다뿍[39] 걱정스러워 한다.

"미리서 외상인 줄이나 알구, 술 좀 주게나."

한 생원이 그러면서 술청으로 들어가 앉는 것을, 송 생원도 따라 들어가 앉으면서 주모더러,

"외상 두둑히 드리게. 수가 나섰다네."

"독립되는 운덤에 어느 고을 원님이나 한자리 해 가시는감?"

"워님을 걸 누가 성가시게, 흐흐……."

한 생원은 그러다 다시,

"거, 안주가 무어 좀 있나?"

"안주두 벤벤찮구 술두 막걸린 없구 소주뿐일걸, 노인네들이 소주 잡숫구 어떡허시게."

"아따 오줌은 우리가 아니 싸리."

젊었을 적에는 동이술을 사양치 아니하던 영감들이었다. 그러나 둘이가 다 내일 모레가 칠십. 더구나 자주자주는 술을 입에 대지 않던 차에, 싱겁다고는 하지만 소주를 칠팔 잔씩이나 하였으니 과음일 수밖에 없었다.

송 생원은 그대로 술청에 쓰러져 과연 소변을 저리기까지 하였다.

한 생원은 송 생원보다는 아직 기운이 조금은 좋은 덕에, 정신을 놓거나 몸을 가누지 못할 지경은 아니었다.

"우리 논을 좀 보러 가야지, 우리 논을. 서른다섯 해 만에 우리 논을 보러 간단 말야, 흐흐흐."

비틀거리면서 한 생원은 술청으로부터 나온다.

주모 판쇠네가 성화가 나서,

"방으루 들어가 누섰다, 술 깨신 댐에 가세요. 노인네들 술 드렸다구 날 또 욕허게 됐구면."

"논 보러 가, 논. 길천이게다 판 우리 논. 흐흐흐, 서른다섯 해 만에 도루 찾은, 우리 일곱 마지기 논, 흐흐흐."

"글쎄 논은 이 댐에 보러 가시면 어디루 가요?"

"날, 희떤 소리 한다구들 웃었지. 미친놈이라구 웃었지, 들. 흐흐, 서른다섯 해 만에 내 말이 들어맞일 줄을 누가 알았어? 흐흐

흐."

　말은 혀 꼬부라진 소리로, 몸은 위태로이 비틀거리면서, 한 생원은 지팡이를 휘젓고 밖으로 나간다. 나가다 동네 젊은 사람과 마주쳤다.

　"아, 한 생원 웬일이세요?"

　"논 보러 간다, 논. 흐흐흐, 너두 이 녀석, 한덕문이 길천이한테 논 팔아먹던 대 났구나, 그런 소리 더러 했었지? 인제두 그런 소리가 나오까?"

　"취하셨군요."

　"나, 외상술 먹었지. 논 찾았은간 또 팔아서 술값 갚으면 고만이지. 그럼 한 서른다섯 해 만에 또 내 것 되겠지, 흐흐흐. 그렇지만 인전 안 팔지, 안 팔아. 우리 용길이놈 물려줘여지, 우리 용길이놈."

　"참, 용길이 요새 있죠?"

　"있지. 길천이한테 팔아먹었을까?"

　"저, 읍내 사는 영남이가 산판(山坂) 하날 사서 벌목(伐木)을 하는데, 이 동네 사람들더러 와 남구 비어 주구, 그 대신 우죽[枝葉][40] 가져가라구 하니, 용길이두 며칠 보내서 땔나무나 좀 장만하시죠."

　"걸 누가…… 논을 도루 찾았는데."

　"논만 찾으면 땔나문 없어두 사시나요?"

　"논두 없어두 서른다섯 해나 살지 않었느냐?"

　"허허 참, 그러지 마시구 며칠 보내세요. 어서서 다 비어 버려야 할 텐데, 도무지 사람을 못 구해 그러니, 설더러 부디 그릭허

두룩 서둘러 달라구, 영남이가 여간만 부탁을 해싸여죠. 아, 바루 동네서 가찹겠다, 져 나르기 수얼허구…… 요 위 가잿골 있는 길천농장 멧갓이래요."

"무어?"

한 생원은 별안간 정신이 번쩍 나면서 대어든다.

"가잿골 있는 길천농장 멧갓이라구?"

"네."

"네라니? 그 멧갓이…… 가마안자, 아니, 그 멧갓이 뉘 멧갓이 길래?"

"길천농장 멧갓 아녜요? 걸, 영남이가 일인들이 이번에 거들이 나는 바람에 농장 산림감독하던 강 서방한테 샀대요."

"하, 이런 도적놈들, 이런 천하 불한당놈들, 그래, 지끔두 벌목을 하구 있더냐?"

"오늘버틈 시작했다나 봐요."

"하, 이런 천하 날불한당놈들이."

한 생원은 천방지축으로 가잿골을 향하여 비틀걸음을 친다.

솔은 잘 자라지 않고, 개간하여 밭을 만들자 하니 힘이 부치고 하여, 이름만 멧갓이지, 있으나마나 한 멧갓 한 자리가 있었다. 한 삼천 평 될까말까, 그다지 크지도 못한 것이었었다.

이 멧갓을 한 생원은 길천이에게다 논을 팔던 이듬핸지 그 이듬핸지, 돈은 아쉽고 한 판에 또한 어수룩히 비싼 값으로 팔아넘겼었다.

길천은 그 멧갓에다 낙엽송을 심어, 삼십여 년이 지난 지금 와서는 아주 허다한 산림이 되었다.

늙은이의 총기요, 논을 도로 찾게 되었다는 것에만 정신이 팔려, 깜빡 멧갓 생각은 미처 아직 못하였던 모양이었다.

마침 전신주 감의 쪽쪽 곧은 낙엽송이 총총들이 섰다. 베기에 아까워 보이는 나무였다.

한 서넛이나가 한편에서부터 깡그리 베어 눕히고, 일변 우죽을 치고 한다.

"이놈, 이 불한당놈들, 이 멧갓 벌목한다는 놈이 어떤 놈이냐?"

비틀거리면서 고함을 치고 쫓아오는 한 생원을, 사람들은 영문을 몰라 일하던 손을 멈추고 뻔히 바라다보고 섰다.

"이놈 너루구나?"

한 생원은 영남이라는 읍내 사람 벌목 주인 앞으로 달려들면서, 한 대 갈길 듯이 지팡이를 둘러멘다.

명색이 읍사람이라서, 촌 농투성이에게 무단히 해거[41]를 당하면서 공수하거나 늙은이 대접을 하려고는 않는다.

"아니, 이 늙은이가 환장을 했나? 왜 그러는 거야, 왜."

"이놈, 네가 왜, 이 멧갓을 손을 대느냐?"

"무슨 상관여?"

"어째 이놈아, 상관이 없느냐?"

"뉘 멧갓이길래?"

"내 멧갓이다. 한덕문이 멧갓이다, 이놈아."

"허허, 내 별꼴 다 보니. 괜시리 술잔 든질렀거들랑, 고히 삭히진 아녀구서, 나이 깨 먹은 것이, 왜 남 일하는 데 와서 이 행악[42]야, 행악이. 늙은인 다리뼉다구 부러지지 말란 법 있나?"

146

"오냐, 이놈, 날 죽여라. 너구 나구 죽자."

"대체 내력을 말을 해요. 무엇 때문에 이 야론[43]지, 내력을 말을 해요."

"이 멧갓이 그새까진 길천이 것이라두, 조선이 독립됐은깐 인전 내 것이란 말야, 이놈아."

"조선이 독립이 됐는데, 어째 길천이 멧갓이 한덕문이 것이 되는구?"

"길천인, 일인들은, 땅을 죄다 내놓구 간깐, 그전 임자가 도루 차지하는 게 옳지, 무슨 말이냐?"

"오오, 이녁이 이 멧갓을 전에 길천이한테다 팔았다?"

"그래서."

"그랬으니깐, 일인들이 땅을 다 내놓구 가니깐, 이녁은 팔았던 땅을 공짜루 도루 차지하겠다?"

"그래서."

"그 개 뭣 같은 소리 인전 엔간치 해두구, 어서 없어져 버려요. 난 뻐젓이 길천농장 산림관리인 강태식이한테 시퍼런 돈 이천 환 주구서 계약서 받구 샀어요. 강태식인 길천이가 해준 위임장 가지구 팔구. 돈 내구 산 사람이 임자지, 저, 옛날 돈 받구 팔아먹은 사람이 임잘까?"

8·15 직후, 낡은 법이 없어지고 새로운 영이 서기 전 혼란한 틈을 타서, 잇속에 눈이 밝은 무리들이 일본인 농장이나 회사의 관리자와 부동이 되어 가지고, 일인의 재산을 부당 처분하여 배를 불린 일이 허다하였다. 이 산판사건도 그런 것의 하나였다.

5.

그 뒤 훨씬 지나서.

일인의 재산을 조선 사람에게 판다, 이런 소문이 들렸다.

사실이라고 한다면 한 생원은 그 논 일곱 마지기를 돈을 내고 사지 않고서는 도로 차지할 수가 없을 판이었다. 물론 한 생원에게는 그런 재력이 없거니와, 도대체 전의 임자가 있는데 그것을 아무나에게 판다는 것이 한 생원으로 보기에는 불합리한 처사였다.

한 생원은 분이 나서 두 주먹을 쥐고 구장에게로 쫓아갔다.

"그래 일인들이 죄다 내놓구 가는 것을, 백성들더러 돈을 내구 사라구 마련을 했다면서?"

"아직 자세힌 모르겠어두, 아마 그렇게 되기가 쉬우리라구들 하드군요."

해방 후에 새로 난 구장의 대답이었다.

"그런 놈의 법이 어딨단 말인가? 그래, 누가 그렇게 마련을 했는구?"

"나라에서 그랬을 테죠."

"나라?"

"우리 조선 나라요."

"나라가 다 무어 말라비틀어진 거야? 나라 명색이 내게 무얼 해준 게 있길래, 이번엔 일인이 내놓구 가는 내 땅을 저이가 팔아먹으려구 들어? 그게 나라야?"

"일인의 재산이 우리 조선 나라 재산이 되는 거야 당연한 일이죠."

"당연?"

"그렇죠."

"흥, 가만 둬두면 저절루 백성의 것이 될 걸, 나라 명색은 가만히 앉었다 어디서 툭 튀어나와 가지구, 걸 뺏어서 팔아먹어? 그 따위 행사가 어딨다든가?"

"한 생원은, 그 논이랑 멧갓이랑 길천이한테 돈을 받구 파셨으니깐 임자로 말하면 길천이지 한 생원인가요?"

"암만 팔았어두, 길천이가 내놓구 쫓겨갔은깐, 도루 내 것이 돼야 옳지, 무슨 말야. 걸, 무슨 탁에 나라가 뺏을 영으루 들어?"

"한 생원한테 뺏는 게 아니라, 길천이한테 뺏는 거랍니다."

"흥, 둘러다 대긴 잘들 허이. 공동묘지 가보게나. 핑계 없는 무덤 있던가? 저, 병신년에 원놈(군수) 김가가 우리 논 열두 마지기 뺏을 제두 핑곈 다 있었드라네."

"좌우간, 아직 그렇게 지레 염렬 하실 게 아니라, 기대리구 있느라면 나라에서 다 억울치 않두룩 처단을 하겠죠."

"일없네. 난 오늘버틈 도루 나라 없는 백성이네. 제길, 삼십육 년두 나라 없이 살아왔을려드냐. 아니 글쎄, 나라가 있으면 백성한테 무얼 좀 고마운 노릇을 해주어야 백성두 나라를 믿구, 나라에다 마음을 붙이구 살지. 독립이 됐다면서 고작 그래, 백성이 차지할 땅 뺏어서 팔아먹는 게 나라 명색야?"

그리고는 털고 일어서면서 혼잣말로,

"독립됐다구 했을 제, 내, 만세 안 부르기, 잘했지."

작품별 각주 해설

작품별 각주 해설

레디메이드 인생

1) 미상불 : 未嘗不. 아닌 게 아니라 과연.
2) 앙모하다 : 덕망이나 인품 때문에 우러르고 사모하다.
3) 구변 : 말을 잘하는 재주나 솜씨.
4) 백전백패 : 싸울 때마다 계속 짐.
5) 허실 : 헛되이 잃음.
6) 결원 : 일정하게 정해져 있는 인원수에 차지 않고 빔. 또는 그 모자라는 인원수.
7) 표변 : 마음이나 행동 따위가 갑자기 전과 뚜렷하게 달라짐.
8) 말중동 : 하고 있는 말의 중간.
9) 자룡이 헌 창 쓰듯 : 돈이나 물건을 헤프게 쓰는 경우를 이르는 말.
10) 억단 : 臆斷. 근거 없이 판단함.
11) 자별하다 : 가까이 사귄 정도가 남보다 특별하다.
12) 혐의쩍다 : 꺼리고 미워할 만한 데가 있다.
13) 덕석 : 추울 때에 소의 등을 덮어 주는 멍석.
14) 유자천금 불여교자 일권서 : 遺子千金 不如敎子 一卷書. 자식에게 재산을 남겨 주는 것이 책 한 권을 가르치는 것만 못하다.
15) 삼촌 : 三寸. 세 치.
16) 권학 : 학문을 힘써 배울 것을 권함.
17) 감발 : 감개. 버선이나 양말 대신 발에 감는 좁고 긴 무명천.
18) 천호 : 賤號. 천한 호칭.
19) 가보 : 투전이나 골패, 화투 따위 노름에서, 가지고 있는 두 장 혹은 세 장의 수를 합한수가 아홉인 패. 끗발이 가장 높은 패이다.
20) 무대 : 골패나 투전에서, 열 끗이나 스무 끗으로 꽉 차서 쓸 끗수가 없어진 경우를 이르는 말.

21) 마코 : 담배 이름.

22) 무렴 : 염치가 없음.

23) 고식 : 옛날의 방법이나 격식.

24) 건춘문 : 경복궁의 동문.

25) 소박데기 : 남편에게 소박을 맞은 여자를 얕잡아 이르는 말.

26) 백부 : 아버지의 맏형을 가리키거나 부르는 말.

27) 안존 : 성품이 얌전하고 조용함.

28) 춘래불사춘 : 春來不似春. 봄은 왔는데 봄이 온 것 같지가 않다.

29) 반연 : 세력 있는 다른 사람을 의지하거나 연줄로 삼음. 또는 그 연줄.

30) 아유구용 : 阿諛苟容. 남에게 아첨하여 구차스럽게 굶.

31) 룸펜 : [독일어] Lumpen. 부랑자 또는 실업자를 이르는 말.

32) 탈리 : 어떤 범위나 대열 따위에서 벗어나 따로 떨어짐.

33) 개숫물 : 설거지물.

34) 은근짜 : 몰래 몸을 파는 여자를 속되게 이르는 말.

35) 승벽 : 남과 겨루어 이기기를 좋아하는 성미나 버릇.

36) 적이 : 어지간한 정도로.

37) 어룽 : 반점.

38) 조발 : 부發. 어떤 꽃이 다른 꽃보다 일찍 핌.

39) 폐문 : 위로의 말이 쓸데없는 말.

40) 머리 : 까닭.

41) 각수 : 원으로 셀 때 남는 몇 전.

42) 고소 : 뜻밖의 일에 어이가 없거나 마지못해 짓는 웃음.

43) 칭탈 : 무엇 때문이라고 핑계를 댐.

44) 호배추 : 재래종 배추에 대하여 개량한 결구(結球)를 이르는 말.

작품별 각주 해설

치숙

1) 막덕 : 마르크스주의를 신봉하는 사람들을 낮추어 부르는 말.
2) 서발 막대 : 매우 긴 나무나 나뭇가지의 긴 도막을 강조하여 이르는 말.
3) 철빈 : 더할 수 없이 가난함.
4) 칙살스럽다 : (사람이)하는 짓이나 말이 좀스럽고 추잡하다.
5) 우나다 : 유별나다.
6) 후분 : 사람의 일생을 초분, 중분, 후분의 셋으로 나눈 것의 마지막 부분. 말년의 운수나 처지를 이르는 말.
7) 여대치다 : 능가하다.
8) 애자진하다 : 자진하여 애를 쓰다.
9) 죄다짐 : 죄에 대한 갚음.
10) 퉁히 : 도무지
11) 불고하다 : (사람이 체면이나 염치 따위를)돌아보지 않다.
12) 전중이 : 징역을 사는 일이나 그 사람을 속되게 이르는 말.
13) 의지가지없다 : (사람이)의지하거나 부탁할 곳이 전혀 없다.
14) 반연 : 세력 있는 다른 사람을 의지하거나 연줄로 삼음. 또는 그 연줄.
15) 권면 : 권유
16) 미스꼬시 : 일제시대의 상점 이름. 지금의 신세계백화점 본점을 말함.
17) 다다키우리 : 좌판을 두드리며 신나게 떠들어 대면서 물건을 싸구려로 파는 일.
18) 다이쇼 : 주인의 일본말.
19) 치패 : 살림이 아주 결딴남
20) 수응 : (사람이 남의 요구에)응하여 받아들이다.

21) 가막소 : 감옥(監獄)의 방언.

22) 완구히 : (상태가)오래 견딜 수 있도록 완전히.

23) 고쓰카이 : 사환의 일본말.

24) 대천지원수 : 하늘을 같이 이지 못하는 원수라는 뜻으로, 이 세상에서 같이 살 수 없을 만큼 원한이 깊게 맺힌 원수를 비유적으로 이르는 말.

25) 부랑당패 : 불한당패(불한당의 패거리).

26) 구누 : 구눙의 입말. 못마땅하여 혼자 군소리를 하는 일.

27) 분지복 : 선천적으로 타고난 복.

28) 기수 : 저절로 오가고 한다는 길흉화복(吉凶禍福)의 운수.

29) 아라사 : 러시아의 한자말.

30) 잘코사니 : 미운 사람이 당한 불행한 일이 고소하게 여겨짐.

31) 스모 : 일본의 전통적인 씨름.

32) 만자이 : '만담' 의 일본말.

33) 왓쇼왓쇼 : '(わっしょい)'. 영차 영차의 뜻인 일본어. 많은 사람이 기세를 올릴 때 소리 지르는 함성.

34) 세이레이 낭아시 : '익숙한 행사' 의 일본어. 일본의 불교행사인 '나가시'.

35) 제바리 : 막일꾼들이 자기의 불만을 나타낼 때 하는 말.

36) 미쳐살미 : 미쳐삶. 미친 상태로 사는 일.

37) 불측스럽다 : 사람이나 그 생각, 행동 따위가 당돌하고 엉큼한 데가 있다.

38) 위정 : '일부러' 의 함경도 방언.

39) 고조 : [小僧]. 나이 어린 남자 점원.

40) 반또 : [番頭]. 상점 지배인.

41) 망가 : 만화.

42) 폐롭다 : 성가시고 귀찮다.

43) 킹구 : 일제시대의 잡지 제목 〈king〉의 일본말.

작품별 각주 해설

44) 쇼넹구라부 : 청소년을 대상으로 한 일본의 월간 종합 잡지 이름. 〈소년 클럽〉의 뜻.

45) 가나 : 일본 고유의 글자.

46) 기쿠지캉 : [菊地寬]. 일본 대정(大正) 시대의 유명한 작가의 이름.

47) 진쩐바라바라 : 칼날이 부딪치는 소리의 일본말.

48) 지다이모노 : 역사물.

49) 근리 : 이치에 맞음.

앵 순사

1) 대현 : 매우 어질고 지혜로운 사람.

2) 미상불 : 아니라고 부정할 수 없게.

3) 남구 : 나무의 경상도 사투리.

4) 황차 : 앞 내용보다 뒤 내용에 대한 더 강한 긍정을 나타낼 때 쓰여 앞뒤 문장을 이어주는 말.

5) 포달 : 심술이나 샘이 나서 악을 쓰며 함부로 욕을 하거나 대듦.

6) 탄하다 : 참견하여 잘잘못을 따지다.

7) 대껼 : 남의 말을 받아 자기 의사를 밝히거나 나타냄.

8) 승차 : (사람이 윗자리로) 한 관청 안에서 벼슬이 오름.

9) 도랑꾸 : '트렁크'의 일본말.

10) 천신 : 차례가 되어 겨우 얻음.

11) 행악 : 모질고 나쁜 짓을 행함.

12) 한무내하다 : 별로 걱정할 만한 것이 없다.

13) 화무십일홍 : 열흘 붉은 꽃이 없다는 뜻으로, 힘이나 세력 따위가 한번 성하면 얼마 못 가서 반드시 쇠하여짐을 비유적으로 이르는 말.

14) 상호 : 얼굴의 생긴 모양.

15) 야료 : 까닭 없이 트집을 잡고 마구 떠들어 대는 짓.

미스터 방

1) 하늘이 돈짝만하다 : 술에 몹시 취하거나 어떤 충격을 받아 사물을 바로 보지 못하는 상태를 이르는 말. 의기양양하여 두려움 없이 행동함을 이르는 말.

2) 괄시 : 사람을 업신여겨 하찮게 대함.

3) 무심중 : 특별히 마음을 쓰고 있지 않는 동안.

4) 결기 : 못마땅한 것을 참지 못하고 발끈 성을 내거나 왈칵 행동하는 성미.

5) 보비위 : 남의 비위를 잘 맞추어 줌.

6) 조백 : 머리털이 일찍 희어짐. 흔히 마흔 살 안팎에 머리가 세는 것을 이른다.

7) 어심 : 마음에 품고 있는 것.

8) 주초 : 酒草. 술과 담배.

9) 문벌 : 대대로 이어 내려오는 가문의 사회적 신분이나 지위.

10) 지체 : 집안이나 개인의 사회적 신분이나 지위.

11) 근지 : 자라 온 환경이나 경력을 아울러 이르는 말.

12) 타관 : 제가 나서 자란 곳이 아닌 다른 지역이나 고장.

13) 아전 : 조선 시대, 중앙과 지방의 주(州), 부(府), 군(郡), 현(縣)의 관청에 딸린 구실아치를 이르던 말.

14) 판무식 : 배운 것이나 아는 것이 아주 없음.

15) 가속 : 한집안에 딸린 식구. ‘아내’를 낮추어 일컫는 말.

16) 해드리다 : 닳아서 떨어지게 하다.

17) 신기료장수 : 헌 구두나 신발을 깁는 일을 직업으로 하는 사람.

작품별 각주 해설

18) 기광 : 극성스레 마구 날뛰는 행동이나 기세.

19) 게걸거리다 : 상스러운 말로 불평스럽게 자꾸 떠들다.

20) 느지감치 : 꽤 늦게

21) 부대하다 : 뚱뚱하고 크다.

22) 소래기 : '소리'를 속되게 이르는 말.

23) 노대 : 예전에, 적에게 활이나 돌을 쏘려고 성 가운데 높게 지은 대를 이르던 말.

24) 소절수 : 은행에 당좌 예금을 가진 사람이 소지인에게 일정한 금액을 줄 것을 은행 따위에 위탁하는 유가 증권.

25) 경치다 : (사람이)호되게 벌을 받다.

26) 지카다비 : (노동자용의) 작업화의 일본어.

27) 도지 : 조선 말기, 한 해 동안에 돈이나 곡식을 얼마씩 내고 남에게 빌려서 쓰는 논밭이나 집터를 이르던 말.

28) 보전하다 : 온전하게 잘 지키거나 유지하다.

29) 여망 : 어떠한 사람이나 일에 대한 많은 사람의 기대나 소망.

30) 백골난망 : 죽어서 뼈만 남은 뒤에도 잊을 수 없다는 뜻. 남에게 큰 은혜나 덕을 입었을 때 고마움을 나타내는 말.

돈 이야기

1) 섬뻑 : 이런저런 상황을 따지지 않고 곧바로.
2) 설도 : 도리(道理)를 풀어 설명함.
3) 추렴 : 모임, 놀이, 잔치 등의 비용을 마련하기 위해서 여럿이 얼마씩 돈이나 물건 등을 나누어 내거나 거둠.
4) 고패 : 고비.
5) 미상불 : 아니라고 부정할 수 없게.
6) 세토 : 貰土. 소작.
7) 도지 : 소작료.
8) 사품 : 어떤 일이나 동작이 진행되어 가는 바람이나 때.
9) 천신 : 차례가 되어 겨우 얻음.
10) 잔주 : 큰 주석 아래에 더 자세히 단 주석.
11) 시쁘둥하다 : 마음에 차지 않아 아주 시들한 기색이 있다.
12) 공문서 : 空文書. 무등기.
13) 돈놀이 : 고리대금업.
14) 내아 : 內衙. 관사.
15) 토반 : 시골의 특정한 지역에서 붙박이로 대물림해 온 양반.
16) 농투성이 : '농부'를 얕잡아 이르는 말.
17) 토색질 : 돈이나 물건 따위를 억지로 달라고 하는 짓.
18) 세미 : 稅米. 납세.
19) 야미 : 뒷거래.
20) 권솔 : 한집에서 거느리고 사는 식구.
21) 악의악식 : 거친 옷과 맛없는 음식.
22) 고래실논 : 바닥이 깊고 물길이 좋아 기름진 논.
23) 토리 : 흙의 메마르고 기름진 성질.
24) 며리 : 까닭, 필요.

작품별 각주 해설

25) 상거 : 서로 떨어져 있음.

26) 박토 : 매우 메마르고 거친 땅.

27) 차인꾼 : 남이 장사하는 일을 시중드는 사람.

28) 풀썬 : '풀썩'의 북한말.

29) 왜채 : 일본이나 일본인으로부터 얻어 쓴 빚.

30) 장변 : 장에서 빚을 내어 쓰는 돈의 이자.

31) 부형 : 아버지와 형.

32) 근리하다 : 사리에 거의 들어맞다.

33) 항차 : 하물며

34) 스실사실 : 표나지 않게 조금씩.

35) 희떱다 : 가진 것은 한 푼 없어도 손이 크고 마음이 넓다.

36) 위정 : '일부러'의 함경도 방언.

37) 허랑하다 : 허황하고 착실하지 못하다.

38) 완구하다 : 오래 견딜 수 있도록 완전하다.

39) 다뿍 : 분량이나 정도가 정해진 범위보다 조금 넘치는 모양을 나타내는 말.

40) 우죽 : 나무나 대의 우두머리에 있는 가지.

41) 해거 : 해괴하고 짓궂은 짓.

42) 행악 : 모질고 나쁜 행동.

43) 야료 : 까닭 없이 트집을 잡고 마구 떠들어 대는 짓.

작품 해설 및
채만식 연보

- 작품 해설
- 채만식 연보

레디메이드 인생 작품의 이해와 감상

   이 작품의 주인공 P는 한때 사회주의 이념을 가졌으나 '되다가 찌부러진 찌스레기'와 같은 존재가 되어 현재는 경제적 궁핍에 시달리고 있는 지식인이다. 이 고급 인텔리 P는 바로 작가 자신의 투영이라고 보이는데, 많은 노력을 기울여 고급 지식인이 된 P에게 사회는 직업을 주지 않는 것이다.

   즉 사회에 적응하려고 아무리 노력해도 설 자리가 없는 지식인이 스스로 자초할 수밖에 없는 시대를 이 작품은 자기인식에서부터 풍자해 가고 있다.

먼저 주인공 P는 자신이 처해 있는 사회 속에서 무능한 지식인으로 묘사된다. 이념적 행동의 갈등과 경제적 궁핍의 어려움에 놓여 있는 P는 당장 생존의 문제가 걸려 있는 생활고에서 벗어나고자 취직운동을 나선다. 그러나 일자리를 찾지 못하고 굶주림에 허덕이면서 자기의 암담한 삶을 자조하는 무능한 지식인이다.

P가 취직하기 위해 찾아갔던 신문사의 K사장과의 대화에서 얻을 수 있었던 것은 단순히 '구직꾼 격퇴의 수단' 일 뿐, '농촌으로 돌아가라' 는 말만 귀가 따갑게 듣는다. 신문사에서 쫓겨나다시피 뒷걸음질쳐 도망 나온 P는 광화문 네거리에서 방황하는 신세가 되었다.

> P는 광화문 네거리의 기념비각(紀念碑閣) 옆에서 발길을 멈추고 망설였다. 어디로 갈까 하는 것이다.
> 봄 하늘이 맑게 개었다. 햇볕이 살이 올라 포근히 온몸을 싸고돈다.
> ......
> 창을 활활 열어젖힌 전차 속의 봄 사람들을 보니 P도 전차를 잡아타고 교외나 나가고 싶었다. 그러나 크림 맛을 못 본 지 몇 달이 된 낡은 구두, 고기작거린 동복 바지, 양편 포켓이 오뉴월 쇠불알같이 축 처진 양복저고리, 땟국 묻은 와이셔츠와 배배 꼬인 넥타이, 엿장수가 2전어치 주마던 낡은 모자, 이렇게 아래로부터 훑어 올려보며 생각하니 교외의 산보는커녕 얼른 돌아가서 차라리 이불을 뒤쓰고 드러눕고만 싶었다.

헌신사회에서 쓸모없는 인간이 되어버린 고등 룸펜 P의 무능한 모습과 심각한 패배감에서 오는 허무의식이 묘사된

부분이다. 이는 일제 치하 지식인의 오갈 데 없는 현실과
방황하면서 흔들리는 가치관의 일반적 모습인 것이다.

> 인텔리…… 인텔리 중에도 아무런 손끝의 기술이 없이 대학이
> 나 전문학교의 졸업증서 한 장을, 또는 그 조그마한 보통 상식을 가
> 진 직업 없는 인텔리…… 해마다 천여 명씩 늘어가는 인텔리……
> 뱀을 본 것은 이들 인텔리다.
> 부르주아지의 모든 기관이 포화상태가 되어 더 수요가 아니 되
> 니 그들은 결국 꾐을 받아 나무에 올라갔다가 흔들리는 셈이다. 개
> 밥의 도토리다.
> 인텔리가 아니 되었으면 차라리 …… 노동자가 되었을 것인데
> 인텔리인지라 그 속에는 들어갔다가도 도로 달아나오는 것이 99퍼
> 센트다. 그 나머지는 모두 어깨가 축 처진 무직 인텔리요, 무기력한
> 문화 예비군 속에서 푸른 한숨만 쉬는 초상집의 주인 없는 개들이
> 다. 레디메이드 인생이다.

일제와 친일 세력은 입으로만 교육의 필요성을 강조하였
다. 이에 속아 우민교육을 받은 조선인은 실업자로 전락할
수밖에 없는 운명이었다. 이런 시대적 상황 때문에 맹목적
으로 교육을 받았던 당시의 지식인들이 취직난에 허둥대는
것은 당연한 것이었다.

이처럼 인텔리이기 때문에 노동자가 될 수 없는 뜬 기름
같은 지식인들은 그들의 지식이 사회에 적절히 사용되지
않는 것에 대한 소외감을 갖게 되고, 결국 무력감에 빠져
이리저리 방황하다 좌절해버리고 마는 무능한 지식인이 되
었다.

이것은 기본적으로 기능인이나 총독정치의 보조격인 하

위 관리만을 필요로 할 뿐 지식인을 필요로 하는 곳은 없는 일제 치하 식민지의 나라 없는 지식인이라는 계층의 비애이다.

그러나 채만식은 이를 정면으로 비판하지 못하고 풍자의 간접적 수법을 취하고 있다. 말하자면 인텔리 계층의 자조가 자기풍자나 사회현실에 대한 풍자로 작품상에 나타나고 있다.

주인공 P의 방황과 현실에 대한 부정적인 면은 그의 헛된 공상에서도 찾을 수 있다. 겨울 외투를 전당포에 잡혀 받은 4원 중에서 비싼 담배 값으로 15전을 쓰고 남은 돈으로 갖가지 공상을 거듭한다.

> 3원을 18번만 곱집으면 150만 원이 된다. 150만 원 그놈이 있으면…… 이렇게 생각하매 어깨가 으쓱해졌다.
> 3원의 열여덟 곱쟁이가 150만 원이니 퍽 쉬운 일이다…… 그놈만 있으면 100만 원을 들여서 50전짜리 16페이지 신문을 하나 했으면 우선 K사장의 엉엉 우는 꼴을 볼 수가 있을 것이다.
> 그러나 아쉬운 대로 15만 원만 있어도, 1만 5천 원 아니 1천 500원만 있어도, 아니 150원만 있어도, 15원만 있어도 우선 방세와 전등삯을 주고 한 달은 살아가겠다.

P가 3원을 가지고 여러 가지 생각에 빠지는 것도 무리가 아니다. 돈과 실업에 대한 강한 집착은 〈레디메이드 인생〉의 P에게만 국한된 것은 아니다. 바로 당대를 살아가는 모든 지식인들의 현실문제이며 나라를 빼앗긴 설움에서 겪는 조선인의 고통과 시련을 의미하는 것이다.

공상을 거듭하면 거듭할수록 돌아오는 현실은 더욱 비참해진다는 허무감을 P와 함께 모든 지식인들은 느끼고 있었다.

> P는 한숨을 내쉬었다. '한 달? 한 달만 살고 나면 그담은 어떻게 하나……

가장 혹독하리만큼 냉혹한 현실에서 P는 부정할 더 이상의 것도 이하의 것도 존재하지 않을 만큼 생존에 대한 심한 상처를 느끼고 있었다.

또한 무직 인텔리 P가 현실에 대한 허무와 절규를 갖는 행위는 술집 여자와의 관계에서도 볼 수 있다.

전당포에서 법률 책을 잡히고 친구와 술집에 간 P는 어린 작부와 술을 마시게 된다. 있는 돈을 다 던져버리고 술집에서 뛰쳐나온 P는 자신의 지식인다운 행동이 얼마나 관념화된 사치인가를 깨닫는다. P의 이러한 눈물은 지식인이라는 오만함을 가지고 관념의 세계를 살아온 자신의 삶에 대한 분노와 후회의 눈물인 동시에 자신과 같은 무능한 지식인을 만든 현실사회에 대한 부정인 것이다.

P가 현실을 부정하는 부분은 아들 창선을 통해서도 나타나는데, 이는 결코 인텔리를 만들지 않겠다는 결심과 그 결심으로 인해 아들에게 일자리를 정해주는 데서 찾을 수 있다. 이와 같은 결과를 낳게 하는 P의 행동은 현실적 삶에 적응하지 않으면 안 되는 상황에서 나온 결심이면서도, 이

면에는 자신과 같은 무능한 지식인들을 만드는 현실부정의
의미가 숨겨져 있다.

　마침내 시골에서 올라온 창선을 P는 학교에 넣는 대신에
인쇄소에 취직시킴으로써 고등 룸펜의 생활을 청산하고 새
로운 삶을 시작하리라는 것을 암시하며 〈레디메이드 인생
〉은 끝맺는다.

　그러므로 이 작품에서 주목되는 점은 인텔리 개인의 모
순을 통하여 현실의 모순이 드러나고 있다는 것이다.

치숙

이 작품에서는 일제 치하의 사회에서 볼 수 있는 두 가지의 전형적 인물이 등장한다. 친일파의 화신이요, 노예적 현실주의자인 나와 사회주의 활동을 하다 구금되었고, 쇠약한 몸으로 석방되었으나 생활 능력이 없는 이상주의자인 아저씨가 그 하나이다. 이 아저씨 또한 〈레디메이드 인생〉의 주인공 P와 같은 부류의 무능한 인텔리이다.

이 작품은 두 인물 사이의 대립이 극명하게 드러나도록 하기 위해 부정적 인물인 조카가 전면에 나서서 지껄이며 자신의 모습을 드러내고, 그의 해설을 통해 긍정적 인물인 숙부의 모습을 드러내는 서술의 방식을 취했다. 채만식 자신은 이러한 두 인물의 대립에서 노리는 효과에 대해 이렇게 말했다.

> 부정면을 통해서만 그 긍정면이 도리어 박력 있게 보여질 수법상의 경우가 또한 없는 게 아니다.

이 두 인물에 의하여 전개되는 이야기는 잘못되어 가고 있는 당시의 현실이라 하겠다. 또한 작가는 무지하고 어리석은 조카가 큰 이상을 지닌 인텔리를 바보 같은 아저씨로 바라봄으로써 당시의 세태를 비판하고 있는 것이다.

〈치숙〉의 아저씨는 중상층 출신의 유복한 생활로 소년기를 마치고 서울, 동경 등지에 유학하여 대학 교육을 받으면서 사회주의 사상에 접한 지식인이다. 경제학을 공부했다는 사실에서 제국주의 침략에 대항하는 이념적 근거로써 사회주의를 택했다는 추측을 가능케 한다.

사회주의는 일제가 독립운동가에게 흔히 부여한 죄명이었다고 볼 수 있다. 속물적이고 친일 근성이 깊이 뿌리박혀 있는 나의 시선에 의해 바보 아저씨라 비난되어서 그렇지 실상은 치열하게 싸운 지식인인 셈이다.

"아니, 그렇다면 아저씨 대학교 잘못 다녔소. 경제 못하는 경제

학 공부를 5년이나 했으니 그게 무어란 말이오? 아저씨가 대학교
까지 다니면서 경제 공부를 하구두 왜 돈을 못 모으나 했더니, 인제
보니깐 공부를 잘못해서 그랬군요!"

"공부를 잘못했다? 허허, 그랬을는지도 모르겠다. 옳다, 네 말이
옳아!"

……

"저- 위로는 제왕, 밑으로는 걸인, 그 모든 사람이 위선 시방 이
제도의 이 세상에서 말이다, 제가끔 제 분수대루 살어가는 데 있어
서 말이다, 제 개성을 속여 가면서꺼정 생활에다가 아첨하는 것같
이 더러운 것이 없고, 그런 사람같이 가련한 사람은 없느니라. 사람
이란 건 밥 두 그릇이 하필 밥 한 그릇보다 더 배가 부른 건 아니니
까."

노예근성이 철저한 현실주의자인 나와 사회주의자인 아
저씨가 나눈 위의 대화에서 보듯이 나에게 무시당하는 아
저씨의 소극적인 자세 속에는 현실성 없는 대학 교육의 무
용론과 반일사상에 대한 현실 부정적인 면이 숨겨져 있다.

우리 아저씨 말이지요? 아따 저 거시키, 한참 당년에 무엇이냐
그놈의 것, 사회주의라더냐 막덕이라더냐, 그걸 하다 징역 살고 나
와서 폐병으로 시방 앓고 누웠는 우리 오촌 고모부 그 양반……
뭐, 말도 마시오. 대체 사람이 어쩌면 글쎄…… 내 원!
신세 간데없지요.

이처럼 나의 입장에서 보면 대학까지 나온 아저씨가 사
회주의를 하다 감옥에나 갔다 오고, 또 병까지 얻었으니 진
짜 쓸모없는 인물이라고 할 수도 있다. 그러나 채만식은 부
정되어야 할 인물을 통해 부정되는 아저씨에게 더 긍정적

인 시선을 보냄으로써 작가 자신의 의지가 어디에 있는가를 보여주고 있다.

특히 작가가 아저씨를 구태여 사회주의자로 만든 것은 그 당시 일제 치하의 체제에 거역하는 한 의식분자로서 독립운동가나 민족주의자를 소설 속의 주인공으로 등장시키는 것은 불가능했기 때문일 것이다. 이런 때에 일제에 저항하는 지사형의 주인공을 등장시키는 데는 사회주의자가 그래도 가장 편리한 방법일 수밖에 없었다는 환경을 우리는 짐작할 수 있다.

> 나는 죄선 여자는 거저 주어도 싫어요.
> ……
> 내지 여자가 참 좋지 뭐. 인물이 개개 일자로 이쁘겠다, 얌전하겠다, 상냥하겠다, 지식이 있어도 건방지지 않겠다, 좀이나 좋아!
> 그리고 내지 여자한테 장가만 드는 게 아니라 성명도 내지인 성명으로 갈고 집도 내지인 집에서 살고 옷도 내지 옷을 입고……
> ……
> 이렇게 다 생활 법식부터도 내지인처럼 해야만 돈도 내지인처럼 잘 모으게 되거든요.

이것은 아저씨를 비판하고 조롱하는 나의 이상과 계획이다. 채만식은 이처럼 아저씨를 조롱하고 비웃던 나의 이상과 계획을 들려줌으로써 진짜 비난 받아야 할 사람이 누구인가를 반어적으로 풍자한다. 다시 말하면 〈치숙〉은 역논리의 기법, 즉 칭찬 - 비난의 전도라는 반어에 의한 풍자의 실상을 구체적으로 보여줌으로써 비난 받아야 할 사람을 칭찬하고 칭찬 받아야 할 사람을 비난하는 전도의 방법을 구사하여, 작가의 의지가 무엇인가를 분명히 하고 있다.

따라서 채만식의 가치관이 궁극적으로 비난하고 부정하고자 한 대상은 정신적 식민지화를 초래한 사회체제와 그 속에 기생하며 살아가는 역사의식이나 민족의식이라고는 전혀 없는 식민지적 속물이었음을 무능한 지식인인 아저씨에 대한 역논리의 기법을 통하여 알 수 있다.

> 아 해서 좋을 양이면야 나라에선들 왜 금하며 무슨 원수가 졌다고 붙잡아다가 징역을 살리나요.
> ……
> 나라라는 게 무언데? 그런 걸 다 잘 분간해서 이럴 건 이러고 저럴 건 저러라고 지시하고, 그 덕에 백성들은 제각기 제 분수대로 편안히 살도록 애써 주는 게 나라 아니오?

자신의 속된 욕망에만 관심을 표하면서 타인, 사회, 시대 등에 대해서는 아예 무지하거나 접근을 회피하는 나의 눈에는 사회주의를 한다는 아저씨가 오히려 어리석게 보이는 것이다. 나에게는 세상 물정을 따라 사는 것이 최고인 것이다.

한편 채만식은 다른 각도에서 식민지교육의 모순과 지식인들의 실업에 대한 각성을 촉구하는 작가의식을 보여주기도 한다.

> 대학교 출신이 막벌이 노동이란 게 꼴 가관이지만 그래도 할 수 없지, 뭐.

……

　　사실 우리 아저씨 양반은 대학교까지 졸업하고도 이제는 기껏 해먹을 거란 막벌이 노동밖에 없는데, 보통학교 사 년 겨우 다니고서도 시방 앞길이 환히 트인 내게다 대면 고쓰카이만도 못하지요.

　　이처럼 보통학교 4년밖에 다니지 않은 나를 통해 대학교까지 다닌 아저씨의 공부가 얼마나 가치 없는 것인가를 보여줌으로써 그 당시 식민지 교육의 모순을 간접 비판한다. 또 대학까지 졸업하고도 기껏 막벌이 노동밖에 할 것이 없는 사회 제도의 모순을 비판하면서, 동시에 지식인들의 무능과 실업에 대한 각성을 촉구한다.

　　이런 점에서 〈치숙〉이 이중 풍자의 구조로 되어 있다고 할 수 있는데, 채만식은 부정되어야 할 나에 의해 부정되는 허무주의적 인물인 아저씨까지도 비판하고 부정한다.

　　이것은 일제 치하의 모순된 사회체제 속에 살아가는 바람직한 삶의 자세가 결코 나와 갑이 속물적인 삶도 아니고, 더욱이 아저씨같이 나약하고 무기력한 삶도 아니라는 점을 분명히 보여주는 가치관의 표현이다.

맹 순사

채만식은 해방 공간을 맞이하면서 일제에 아부한 기회주의적 친일파들이 자신의 죄에 대한 반성은커녕, 새로운 지배세력과 부유층으로 부상하기 위해 온갖 술책을 부리는 현실적 모순을 분명히 인식했다. 그래서 채만식은 해방 공간의 기회주의적 속물들을 풍자적으로 형상화함으로써 잘못된 사회현실을 바로잡고자 하는 개혁의지를 드러낸다.

이 작품은 채만식이 해방 이후 처음으로 발표한 단편소설이다.

이 작품은 맹 순사가 해방 직후 세상에 대해 두려움을 품고 피신했다가 경찰에 들어간 모습을 그린 것이다. 즉 해방 후 친일파들이 어떻게 다시 사회에 입신하여 득세하게 되었는가 하는 물음에 대한 해답을 제시해주고 있는데 이 소설을 요약하면 다음과 같다.

맹 순사는 일제하에서 8년간이나 칼자루를 잡았던 역전의 순사이다. 성격이 유순했던 탓에 무능자로 낙인찍혔던 그는 그 덕분에 해방이 되어서도 보복을 당하지 않고 살아남는 행운을 누린다. 하지만 목숨을 부지하기 위해서 당장은 칼자루를 놓지 않을 수 없었던 그는 순식간에 닥쳐드는 생활난으로 인하여 어쩔 수 없이 다시금 순사질에 달려들어야만 하는 생존의 위기에 직면한다. 배운 것이 도둑질이라고 다른 재주가 없었던 탓으로 호구지책을 위해서는 다시금 순사질이 불가피해지는 상황에 직면하게 된 것이다. 그래서 몇 마디 구술 테스트를 거쳐 새 세상에서 순사가 되어 버젓이 행세한다. 일제하의 순사가 해방이 되어서도 여전히 순사인 현실에서 우리는 식민지적 연속성을 읽을 수 있다.

일제 치하의 순사가 해방 공간에서도 여전히 순사인 현실. 이 식민지적 연속성, 도깨비 같은 현실은 이 대목에서 발견된다. 새로 임명을 받은 그가 파출소에 출근해 보니 그의 앞에 나타난 동료는 그가 얼마 전까지 유치장에서 보호

유치하던 살인강도 강봉세와 자신의 집에서 행랑살이 하던 무식쟁이 부랑아 노마가 순사가 되어 있었다. 무기수 강봉세가 사상범으로 풀려나와 자기와 함께 근무하게 되는 상황에서 아무리 기회주의적 속물이라도 어쩔 수가 없다.

'오냐, 두구 보자. 사형을 아니 받구서 무기증역이래두 살다가 요행 다시 세상 구경을 하게만 돼봐라. 네놈의 배때긴 칼루 푹 찌르면 뀌여지지 말란 법 있대드냐?' 절절이 내뱉던 저주의 말을 기억해 낸 맹 순사는 새로 부임한 강봉세와의 몇 시간을 십수 년 간처럼 보내고 질겁을 해서 사직서를 내던지고 만다. 생명의 위협을 느꼈기 때문이다. 집으로 돌아온 맹 순사는 후처 서분이와 도망갈 준비를 한다.

해방이 되자 돌발한 현실이라는 것, 해방 직후의 혼란이 어느 정도였는지 알 수 있다. 하지만 그런 의미의 제시만으로 이 작품은 종결되지 않는다. 이의 사실보다 더욱 기막힌 것은 마지막으로 맹 순사 자신이 내뱉는 말이다. 사직서를 제출하고 난 맹 순사는 다음과 같이 자탄함으로써 그 왜곡된 현실의 역사성을 선명하게 조명하는 것이다.

"절 으찌우? 그럼 인전 순사헌테두 맘 못 놓겠구료?"
"허기야 예전 순사라는 게 살인강도허구 다를 게 있었나! 남의 재물 강제루 뺏어먹구, 생사람 죽이구 하긴 매일반였지."

이처럼 맹상오와 같은 반민족적 속물이 또 다른 속물을 피해 도망갈 수밖에 없는 아이러니를 통해 채만식은 미군정하에 맡겨진 해방 공간의 무질서와 비도덕성을 통렬히 비난한다. 그럼으로써 그 왜곡된 현실의 역사성이 선명히 부각된다. 일제 식민지 시대의 강도 같은 순사와 해방 후 전력이 강도인 순사가 국가와 민족의 안녕과 질서를 유지하는 부조리인 것이다.

> '기노시다상넨, 이살 해오는데, 재봉틀이 인장표루다 손틀 발틀 두 개에, 방안짐이 여덟 개에, 옷이 옥상옷만 도랑꾸루 열다섯 도랑 꾸드래요. 그리구두 서울루 뻐젓이 와서 기계방아 사놓구 돈벌이만 잘 허믄서, 활개 펴고 삽디다. 죽길 어째 죽으며, 팔다리가 부러질 팔대린 어딨어?'

위 인용문을 통해서 작가는 친일 매국노들이 어떻게 치부했는가 하는 점을 독자에게 확인시켜주며, 그 사실을 부러워하는 서분이의 뻔뻔한 말에서 왜곡된 일제 현실이 얼마나 인간성을 파괴했는가를 예리하게 형상화하고 있다. 그리고 우리는 여기서 일제 식민 당국자와 친일파들이 행하는 불의의 속박 밑에서 겪었던 민중의 고통을 명확하게 인식할 수 있으며, 이러한 친일파들이 해방 후에도 요직을 차지하는 것에서 당대의 시대적 모순을 파악하체 된다. 또한 이처럼 친일파가 다시 득세할 수 있는 이유가 또 다른 식민지적 속박에서 비롯되었다는 깊은 인식에 도달할 수 있는 것이다.

이 시기 경찰 조직은 정찰 간부직의 80퍼센트 이상이 식민지 시대 경찰에 참여한 경험을 갖고 있었다. 이처럼 미군정이 친일 경찰을 재기용한 이유는 식민지 경찰 체제와 경찰 관료들이 일제 식민 지배에 봉사하였다면 마찬가지로 자신들의 지배에도 적절하게 활용될 수 있다고 생각했기 때문이다.

〈맹 순사〉는 국민의 공복이라 지칭되는 계층의 본질은 무엇이며, 민중에게 어떻게 존재해야 하는가 하는 질문을 제시하고 있다. 즉 우리는 여기서 해방 후를 비관적으로 관찰하는 채만식의 역사의식을 반민족적 인물인 맹상오를 통하여 엿볼 수 있다.

이렇듯 채만식은 〈맹 순사〉를 통하여 해방 전의 혼란과 해방 후의 혼란의 동일성, 반민족적이고 비윤리적 인물들이 득실거리는 현실, 그러나 역사가 바뀌듯이 그 대상이 일제에서 미군정으로 옮겨왔다는 사실만이 달라진 역사일 뿐이라고 인식한다.

미스터 방

　어떤 판무식꾼 통역관의 희극적 행적을 그린 이 작품은 해방 직후 통역정치에 대한 일반 민중의 분노를 대변한 소설이다.

미군정은 한국에 대한 지식과 정보가 거의 없었기 때문에 일제 식민 당국자에 의해 왜곡 전달된 정보에 의해 군정을 실시했다. 그럼으로써 미군정청 당국자들은 계속 일인 관리를 이용 총독부 체제를 유지시켰고, 이에 한국인들이 강한 저항을 갖자 그들을 면직, 그 자리에 한국인을 임명하기 시작했는데. 이에 임명된 한국인이 미군정 당국자에게 관리나 시민과의 소개를 담당해주었던 통역관들이었다.

이러한 통역관들의 부당한 행동은 식민지 잔재의 청산을 염원하던 국민들에게 배신감을 심어주었다. 이 소설은 그러한 배신감에서 나온 것이다.

이 작품에서 주인공 방삼복은 종로에서 구두 징을 박으며 감격의 해방을 맞이하지만 '감격할 줄도 기쁜 줄' 도 모르는 속물로서 〈치숙〉에서의 나와 비슷한 역사적 문외한이다. 그래서 거리에서 해방의 감격으로 '모르던 사람들끼리면서 덤쑥 서로 껴안고 기뻐하고 눈물을 흘리는' 모습이 도대체 '속을 모르겠고 쑥스러워 보일' 뿐이다. 속물 방삼복에게 있어서 가장 중요한 문제는 해방이 주는 감격이 아니라, 오로지 배를 채우는 것만이 중요한 관심사였으므로 사람들이 구두 고칠 생각을 않자 '우라질! 독립이 배부른가?' 라고 불만을 드러낸다.

이처럼 민족의식이니, 역사니 하는 데에는 일말의 관심조차 없었던 속물이며, 역사적 문외한이었던 방삼복이었지만 여기저기 돌아다니며 귀동냥으로 주어들은 영어 실력으로 미군 소위 S에게 붙어 다니면서 온갖 추태를 부리며 호

사스런 저택에서 하인을 셋이나 두고 떵떵거리며 살아간
다.

　방삼복이 S소위한테 소개하는 통역이란 대개 이렇다. 경
회루가 무엇 하던 곳이냐고 물었을 땐 옛날 임금이 기생 데
리고 술 마시고 노래 부르고 하던 집이라 했고. 조선 여자
가 양장을 한 이유가 뭐냐고 물었을 땐 서슴지 않고 서양
사람한테 시집가고 싶어서라고 대답하는 것에서, 작가는
당시 외국인과 우리나라 사람과의 접촉에서 발생하는 왜곡
된 상황을 지적하고 있는 것이다.

　　　"내 참, 뭐, 흰말이 아니라 참, 거칠 것 없어, 거칠 것. 흥, 어느 눔
　　　이 아, 어느 눔이 날 뭐라구 허며, 날 괄시헐 눔이 어딨어, 지끔 이
　　　천지에. 흥 참, 어림없지, 어림없어."

　〈미스터 방〉의 첫머리에 나오는 방삼복의 기고만장한
대목이다. 피지배 민족이 피지배 민족임을 알지 못하고 지
배자의 위력을 그늘 삼아 우쭐대는 외침이야 말로 그동안
못살고 굶주린 분함을 기껏 동족에게 대고 화풀이하는 반
민족자의 못난 반민족적 행위가 채만식의 표현으로는 잘난
사람이 되고 마는 것이다.

　여기서 방삼복은 코삐뚤이라고 과장적으로 표현되어 있
는데, 한편으로는 부자연스럽지만 다른 한편 그것이 주는
풍자적 효과는 훨씬 크다. 다시 말하면 외양부터 일그러져
독자에게 혐오감을 주는 그가 우쭐대는 모습을 보여줌으로
써 그의 속물적 근성을 더욱 드러내는 효과를 노린 점이다.

이를 통해서 우리는 미군정기의 통역정치에 대한 작가의 깊은 비판의식을 읽을 수 있다. 이런 방삼복에게 해방 전 ××검찰계 주임인 백부장의 아버지 백 주사가 주민들이 자기 부자를 습격했으니 보복을 해달라고 부탁한다. 이에 대해 방삼복은 큰소리를 탕탕 치는데, 당시 새로운 권력층으로 등장한 통역관의 반역사성과 반민족적 부패상을 여지없이 폭로하고 있다.

> "머, 지끔 당장이래두, 내 입 한 번만 떨어진다 치면, 기관총 들 멘 엠피가 백 명이구 천 명이구 들끓어 내려가서, 들이 쑥밭을 만들어 놉니다, 쑥밭을."
> ......
> "흰말이 아니라 참 이승만 박사두 내 말 한마디면 고만 다 제바리유."

이처럼 방삼복은 온갖 허풍을 떨며 기고만장해가지고 미군과 이승만 박사까지도 자기 손으로 좌지우지할 수 있다고 허장성세를 부린다.

그러나 이 작품은 통역정치라고 조롱되었던 미군정기의 본질을 보여주지는 못한 것 같다. 물론 소위 통역정치라 불리던 폐해가 방삼복이 같은 인물이 저지르는 잘못에 의한 것도 있었겠지만 차라리 이들은 조국과 민족의 장래에 어두운 그림자를 던질 정도는 아니었을지 모른다. 오히려 미군정을 보좌했던 핵심분자는 일제 때부터 친일 행위를 하여 지배계급에 위치했던 자들이기 때문이다.

그러나 이러한 방삼복의 권세도 그를 찾아온 미군 소위의 웃는 낯에다 실수로 양칫물을 끼얹게 되면서 급격하게 전락하여 버리고 만다.

채만식은 속물 방삼복이 끝내는 미군 소위에게 '상놈의 자식'이라는 욕을 먹고, 뺨까지 맞는 수모를 당하면서 실직하도록 함으로써 해방 공간에서의 무질서와 그 속에서 버젓하게 살아가는 일제 치하의 친일분자였던 반민족적 속물들을 비판하고 부정한다. 또한 미군정이라는 역사적 현실에 대한 부정도 포함하고 있다는 데서 작가 채만식의 역사의식을 엿볼 수 있다.

이상의 작품에 등장하는 속물적 인물들은 여러 가지 현실의 모순에도 불구하고, 오히려 거기에 적극적으로 동조하려는 데서 민족의식이나 역사의식이 결여되어 있으며 오로지 개인의 행복만을 추구하는 비윤리적 인물들이다. 따라서 이들 속물들이 자행하는 현실 순응적 태도나 위선, 이율배반적인 행위를 채만식은 결코 긍정할 수 없었던 것이다.

채만식은 이들 속물들의 행동을 희화시켜 풍자함으로써 이들이 활개를 칠 수밖에 없는 일제의 식민지 상황과 해방 공간의 혼란을 반어적으로 비판하고 부정하여 제거되어야 할 것으로 생각한다. 왜냐하면 그들이 보여준 속물근성은 결국 일세의 - 잘못된 식민지 정책이나 해방 공간의 구조적 모순에서 나온 것이기 때문이다.

방삼복과 같이 가치관이 무너지고 인간의 존엄성이 무시된 일제 식민 치하의 모순을 상징적으로 대변해 주는 비윤리적 인물들은 철저히 부정되고 비난을 받는다.

또 〈맹 순사〉의 맹상오나 〈미스터 방〉의 방삼복과 같은 속물들은 친일의 죄과에 대한 반성이나 투철한 민족의식도 없이 해방 공간의 무질서 속에서 반민족적 행위를 서슴지 않는 모습을 적나라하게 보여주는 인물들로서, 해방 공간에서의 잘못된 현실과 역사적 과오를 바로잡고자 하는 채만식의 건실한 역사의식에 의해 강한 비판의 대상이 되고 있다.

이처럼 채만식의 소설 속에 등장하는 속물적 인물들은 작가에 의해 제거되어야 할 악으로 인식되어 철저한 조롱과 비난을 받는데. 이는 결국 역사 속에 실재하는 속물들에 대한 비난인 동시에 그러한 속물들이 살 수 있는 터전을 마련해준 식민지 체제의 모순이나 해방 공간의 무질서에 대한 비난이다.

논 이야기

    일제 강점기 대다수 농민들은 겨우 생계를 유지하기에도 절박한 형편이었으므로 독립운동 따위는 생각하기도 힘들었다. 그들은 대부분 일제의 간교한 정책에 휘말려 자작농에서 소작농으로 전락하거나 삶의 터전을 빼앗기고 만주로 쫓겨 가거나 도시 노동자가 되어 내일을 기약하기 어려운 삶을 살았다. 당시 인구 80%에 가까운 이러한 농민의 삶을 정면으로 다룬 작품이 채만식의 〈논 이야기〉이다.

이 작품은 표제에서 암시하듯 농토의 귀속 역사이며 동시에 농민의 역사에 대한 이야기이다. 또한 이 작품은 해방 후 유일한 채만식의 농민소설이며 그의 문학세계 전체에서도 농촌 현실의 문제를 가장 포괄적으로 다룬 작품이다.

작가는 한국 근대사의 농민의 전형으로 한덕문 부자를 등장시켜 소작제도의 모순에서 해방되지 못한 농민들에 계속해서 역사의 모순에 짓밟히고 있는 해방의 공간을 날카롭게 지적하였다.

그는 일본인에게 땅을 판 농민들의 분열을 표면에 두고 내적으로는 해방된 조국에 의해 그 땅을 다시 찾게 되리라는 기대가 수포로 돌아간 한 농민의 기대와 좌절 과정을 풍자하고 있다. 특히 해방 직후 농촌 사회의 보편적 갈등 및 일인 토지의 귀속 문제를 주요 모티브로 하고 있다.

해방이 되자 경제적으로 가장 먼저 대두되었던 문제는 일인 소유 재산의 처리에 관한 것이었다. 해방과 동시에 일인 지주의 갑작스런 이탈로 지주가 없는 토지가 발생하자 땅을 둘러싼 농민계급의 갈등은 더욱 심각해졌다.

해방 직후 가난한 농민들이 해방에 거는 기대는 봉건적, 식민지적 토지 소유관계가 척결되고, 농민적 토지 소유가 완전히 실현되어 소작제도에서 해방되는 것, 그리하여 자유와 평등의 이름으로 인간적 삶이 이루어지는 땅에 대한 절실한 염원이었다. 그러나 농민들의 간절한 소망은 끝내 이루어지지 않았다.

해방 이후 농민들의 토지 소유에 대한 목표가 끝내 제대로 이뤄지지 못한 채, 척산 토지(동척 소유 토지와 전일본인 소유 토지)는 전부 미군정 직속의 신한공사로 넘어가 농민들은 새로운 소작제도에 예속되고 말았다.

채만식은 이러한 일인 지주에서 신한공사라는 새로운 지주에게 묶여 있는 농민들의 삶을 통해, 해방 공간의 경제적 모순을 신랄하게 비판하였다.

이 작품의 주인공 한덕문은 부정적인 사회에 제대로 적응하지 못하거나 희생당하는 피해자에 가까운 인물로 설정된다. 구한말 한덕문의 아버지는 악독한 탐관오리에게 동학당이라는 무고한 죄목으로 논 열세 마지기를 빼앗긴다. 이 때문에 식민지 시대에 들어와 살기가 어려워진 한덕문은 나머지 일곱 마지기 땅마저 일인 길천에게 팔아버린다. 그러고는 35년 동안 완전히 소작인으로 살아가며 언젠가는 일본이 패망하여 돌아갈 것이라는 희망으로 한 평생을 지낸다.

한덕문은 일본인 지주가 자기 나라로 돌아가면 일인 길천에게 판 땅이 저절로 자기 것이 되리라고 기대하였다. 그러나 막상 해방이 되어 일본인이 쫓겨 갔어도 땅은 돌아오지 않는다. 일본인 소유의 땅은 적산으로 모두 국가의 재산으로 귀속되었다가 다시 권세 있는 양반들에게 불하되었기 때문이다. 이 때문에 한덕문은 나라를 원망하며 도로 나라 없는 백성으로 살기를 자처한다.

대강의 줄거리에서도 알 수 있듯이 한 생원은 허황되게 술과 노름을 좋아하는 등 많은 결함을 지녔으며 자신의 어려석음과 불명예를 억지로 우기는 자기모순의 인물이다. 그러나 이 작품은 단순한 인물 풍자를 의도했다기보다는 대다수 농민들의 농지 개혁에 대한 바람을 날카로운 역사 의식을 통해 그려내고자 하였다.

한 생원은 경술년에 나라를 일제에 빼앗길 때에도 그리 원통해 하지 않았으며 을유년에 나라를 다시 찾았을 때에도 크게 기뻐하지 않았다. 왜냐하면 나라란 백성에게 고통이지 하나도 고마운 것이 아니며 꼭 있어야 할 요긴한 것도 아니라고 생각했기 때문이었다.

그는 8 · 15 해방을 구한국 시절로 다시 돌아가는 것으로밖에는 생각할 수 없었던 인물이다. 그에게는 '비지땀 흘려가면서 일 년 농사를 지어 절반도 넘는 도지(小作料)를 물고 나머지로 굶으며 먹으며 연명이나 해하여가기는 독립이 되거나 말거나 매양 일반' 이었다.

농민들이 해방에 걸었던 기대가 봉건적, 식민지적 토지 소유의 관계의 전면적 지양, 즉 농민에 의한 토지 소유의 실현이었다면 이러한 기대를 저버리고 적산을 처분한 나라의 처사 역시 한 생원의 모순과 마찬가지로 극히 모순된 일이었다.

이 작품에서의 다음과 같은 부분은 가히 우리나라 농민사(農民史)의 압축된 서술이라 할 것이다.

독립이 된 이 앞으로도, 그것이 천지개벽이 아닌 이상 가난한 농투성이가 느닷없이 부자장자 될 이치가 없는 것이요, 원렙팀晥토반이나 일본놈 대신에, 만만하고 가난한 농투성이를 핍박하는 '권세 있는 양반들' 이 생겨날 것이요 할 것이매, 빼앗겼던 나라를 도로 찾아 다시금 조선 백성이 되었다는 것이 조금도 신통하거나 반가울 것이 없었다.

원과 토반과 아전이 있어, 토색질이나 하고 붙잡아다 때리기나 하고 교만이나 피우고, 하되 세미는 국가의 이름으로 꼬박꼬박 받아 가면서 백성은 죽어야 모른 체를 하고 하는 나라의 백성으로도 살아 보았다.

천하 오랑캐, 아비와 자식이 맞담배질을 하고, 남매간에 혼인을 하고, 뱀을 먹고 하는 왜인들이, 저희가 주인이랍시고서 교만을 부리고, 순사와 헌병은 칼바람에 조선 사람을 개, 돼지 대접을 하고, 공출을 내라 징용을 나가거라 야미를 하지 마라 하면서 볶아대고, 또 일본이 우리나라다, 나는 일본 백성이다, 이런 도무지 그럴 마음이 우러나지를 않는 억지춘향이 노릇을 시키고 하는 나라의 백성으로도 살아 보았다.

결국 그러고 보니 나라라고 하는 것은 내 나라였건 남의 나라였건 있었댔자 백성에게 고통이나 주자는 것이지, 유익하고 고마울 것은 조금도 없는 물건이었다. 따라서 앞으로도 새 나라는 말고 더한 것이라도, 있어서 요긴할 것도, 없어서 아쉬울 일도 없을 것이었다.

이처럼 나라의 독립에 시큰둥하던 한 생원이었으나, 일인들이 토지와 재산을 죄다 그대로 내어놓고 쫓겨 가게 되었다는 소식을 듣자 그는 저절로 어깨가 우쭐해지고 만세 소리가 나오려고 하였다. 그는 이제 일인들이 쫓겨 가게 되었으니 길천에게 팔았던 농토를 되찾을 수 있으리라고 생각하는 것이다. 그러나 그 논이 한 생원에게 되돌아올 수 없었다.

8 · 15 직후의 혼란한 틈을 타서 '잇속에 눈이 밝은 무리

들이 일본인 농장이나 회사의 관리자들과 부동이 되어 가지고 일인의 재산을 부당 처분하여' 이미 다른 사람의 소유가 되어버린 뒤였던 것이다.

이렇게 살펴볼 때 농민 현실의 모순은 8·15에 의해서도 결코 해소된 것이 아님을 알 수 있다. 물론 여기서 한 생원과 같은 존재가 전형적인 농민상이라고 말할 수는 없다. 사실상 한 생원은 어디까지나 자기 땅을 찾는 데만 관심을 가진 농민이다. 그것도 일인이 땅을 버리고 물러감으로써 저절로 자기에게 되돌아오리라 기대하는 인물이다. 그는 자신의 문제를 사회적 관련 속에서 통찰할 능력이 없는 인물인데, 그것은 그가 교육을 받지 못해서거나 학식이 모자라서가 아니라 농민적 투쟁에 의해서만 문제가 해결될 수 있으리라는 실천적 경험으로부터 그가 단절되어 있기 때문이다.

요컨대 그의 소망은 스스로 한 사람의 지주가 되는 것으로써 그의 소망이 실현되기만 한다면 그는 봉건 왕국에서건 식민지에서건 혼연히 살 용의가 있는 것이다. 그의 국가 허무주의는 바로 이런 태도에서 나온 것이며, 그것은 작품의 결말에서 극단적으로 드러난다.

> "일없네. 난 오늘버틈 도루 나라 없는 백성이네. 제길, 삼십육 년두 나라 없이 살아왔을려드냐. 아니 글쎄, 나라가 있으면 백성한테 무얼 좀 고마운 노릇을 해주어야 백성두 나라를 믿구, 나라에다 마음을 붙이구 살지. 독립이 됐다면서 고작 그래, 백성이 차지할 땅 뺏어서 팔아먹는 게 나라 명색야?"

......
"독립됐다구 했을 제, 내, 만세 안 부르기, 잘했지."

　한 생원의 대화를 뒤집어보면 농민 문제의 근본적 해결을 회피하는 체제, 즉 친일파와 모리배가 멋대로 날치는 사회의 한 구성요소인 이기주의나 마찬가지다. 그러니까 그의 농민적 소망은 그 자신의 이기적 태도에 의해서 실현이 되지 않고 있다. 이 작품은 이러한 풍자의 아이러니가 내재되어 있으며, 그렇기 때문에 채만식은 회화적 방식으로 주인공인 한 생원을 서술하게 되는 것이다.

채만식 연보
(蔡萬植)

- 1902년 전라북도 옥구군 임피면 읍내리에서 부친 채규섭, 모친 조우섭 사이에서 5남으로 출생
- 1923년 처녀작 중편 〈과도기(過渡期)〉 탈고
- 1924년 단편 〈세 길로〉가 《조선문단》에 발표
- 1925년 단편 〈불효자식〉이 《조선문단》에 발표
- 1933년 장편 〈인형의 집을 나와서〉, 단편 〈팔려간 몸〉, 평론 〈백 명이 한 개를 낳더라도 옳은 프로 작품을(조선일보)〉 발표
- 1934년 〈레디메이드 인생(신동아)〉 발표
- 1936년 단편 〈언약〉〈보리방아〉 발표
- 1937년 중편 〈정거장 근처〉, 장편 〈탁류〉 발표
- 1938년 〈치숙〉〈쑥국새〉 발표
- 1939년 장편 〈모색〉 발표
- 1940년 중편 〈냉동어〉, 희곡 〈당랑의 전설〉 발표
- 1941년 장편 단편 〈근일(近日)〉〈사호일단〉〈집〉 발표
- 1942년 장편 〈아름다운 새벽〉, 〈향수〉〈삽화〉 발표
- 1943년 장편 〈배비장〉 발표
- 1944년 장편 〈여인전기〉, 중편 〈심봉사〉 발표
- 1945년 서울을 떠나 고향으로 낙향하였다가 해방 후에 다시 상경
- 1946년 단행본 《제향날》 발간. 〈논 이야기〉〈미스터 방〉 발표
- 1947년 《아름다운 새벽》 발간. 〈어머니〉를 조선총독부의 검열로 《여자의 일생》으로 개제(改題) 발표
- 1948년 《잘난 사람들》 발간. 〈낙조〉〈민족의 죄인〉 등 발표
- 1949년 중편 〈소년은 자란다(유고)〉
- 1950년 49세를 일기로 타계. 미완성 소설 〈소〉를 남김.